三隻猴子

魏執揚

獻給 福隆

阿公 魏景睿

阿嬤 魏王菊

願　鰥寡孤獨廢疾者皆能老有所終

目次

推薦序　暴動與寧靜的城鄉奏鳴曲　吳鈞堯　7
蛇　11
金枝　25
政彥　49
秋霞　75
小倩　105
帛書　117
三隻猴子　141
文俊　169
老魏　195
跋　神凝世人　221

推薦序

暴動與寧靜的城鄉奏鳴曲

吳鈞堯

讀魏執揚的小說，第一眼印象是猛烈而迷亂。以書法比喻近於草書，氣勢豪邁、筆墨酣暢，行筆過處雄渾飽滿，遺留的墨汁餘珠也都顆顆渾圓；而若是畫，則色彩斑斕，寫實之餘，藏躲凶猛的線條獠牙。

執揚的文字能在第一時間奪人眼珠，用字穩健扎實，細節縝密，敘述則大器，不允許含糊，大珠小珠落玉盤，叮噹作響之餘也是滂沱雨勢，而且許多珠子，未必珠圓玉滑，而是人間、凡間，或者俗世塵間的種種成色。

〈蛇〉、〈金枝〉、〈政彥〉、〈秋霞〉等多篇小說，夾有暗中渠道讓有心的讀者，從完整單篇，匯聚為一個整體，它們的聯繫是在暗中，因而線索撲朔、粗獷斷裂、未必清晰如白板上的板書。也許這是作者認識的、並且想要傳達的人世真實，說不清楚的斷裂，不如讓它們斷裂，因為急著要把所有過往串聯成真憑實據的生活，不免帶著點文青氣、矯揉味，若即若離更像生存本身。這一個承接大小事務的基座，不去刻意雕鑿玉質，卻是不折不扣的底盤，又或許是地下溝渠，構成暗盤，讓地下水處處伏流。因而也具備劇場感，著眼於互動，參與者、讀者的主動投入，更能一起完成《三隻猴子》。

讓人意外的是，農村的大量描繪在一位年輕作者筆下活靈活現。〈蛇〉，「屋旁樹上青澀的木瓜沾染了些落日的餘暉」。〈秋霞〉，「和煦的秋風從遠處的山峰稜線和竹林樹群蜂擁而至，撥弄過成千上萬株的稻穗」，〈蛇〉且記寫了蛇膽清肝降壓，交媾時切勿驚擾，以及青蛇與青竹絲顯著的差別在於後者顯著的三角形。

寫景猶如「大珠」，記細節正如「小珠」，彼此交織成濃郁而且憂鬱的進行曲。寫城市亦然，〈金枝〉，「一旦管線阻塞或倒灌，最先遭殃的便是二樓的住戶」，二樓位在管線的轉折處，城市中何處沒有二樓，但它們經常只是轉角即景，很難晉升為小說主角。農村以及城市的書寫，在在說明作者認真生活，同時也是詳實的觀察者、記錄者。這是作家特色，在渾然看似不可分的世界中，分出它們的成色。

作者對於慾望的描繪多數黯淡，〈政彥〉中，主角目睹父親的手伸進心儀對象的上衣領口，逗弄青春女體。政彥偷了女用內褲，驚喜發現織物纖維中參雜一根捲曲的毛髮，忍住吞食的念頭，用以想像並自慰。政彥朋友不幸被車撞死，基於懺悔贖罪，他把內褲作為祭品，燒給過世的朋友。〈秋霞〉中，女主角已經不當檳榔西施很久，老公阿龍已是殘廢，無法人倫，她警覺到鄰居的兒子在廁所張望，「慾望像一滴黑墨，滴入她心如止水的無波水面」，而後她脫下老公內褲、尿布，像過往踩芥菜一般使勁地踩老公下體。老公那話兒已經病懨懨，無法醃製以後食用，也不是斷掉的蚯蚓，可以繁殖再生。

芥菜與命根子，隱喻對比激烈，繼而讓人思考什麼事物越陳越香，芥菜是如此，男人與愛情卻只是新鮮的好。真實生活，盡在慾望與便溺、屎尿等描繪，看似骯髒的事，實則也是聖潔的基礎。沒有人可以逃脫摳鼻屎、痾大便，渺小的黑黑、白白，是人生畫盤最基本的用色。

作者懂得生活，更懂得庶民文化與歷史。在〈秋霞〉中讀到「中國強」球鞋便讓我心驚，那得是有點年紀跟懷舊的人，才能記憶的瑣事。看到偉士牌與野狼一二五機車，不免會心一笑，年輕一代的作者倘佯於網路帶來的社會變遷與刺激，難得看到有心人以成熟筆觸，還原一個他可能不曾經歷的過往。過往，於焉產生神話般、廟會般的光彩，兼而熟練應用諺語，如「地要日日掃，田到日日到，書要時時讀」，以及「爛衫爛褲不可丟，留來日後好遮羞」；且多處語意幽默，「高矮胖瘦和長短粗細毫無關聯，唯一可以推斷的是，自信跟大小是呈正比的」，扼要但深刻，以「表面工夫」述說兩性內在，其中的滋味是調侃，並夾帶挖鑿真相的戲謔。

這又是大與小的靈活運用，在暗黑的社會史、生活史布景上，一丁點的顏色點綴，張揚的不是斑斕，而是更深的黑。

在新還要更新的當代，魏執揚撿拾過去時光，用迷亂得接近暴動的細節鋪陳，賦予舊人物新的生存面貌，那些活得委屈甚至猥瑣的人物，從來不曾在社會舞台謝幕，只是隨著打光越強，越是退到角落，而作者刻意圈選了這一個冷僻區塊，打光、特寫，以筆墨承接了他們來不及說出的聲音。

是叮噹、乓乓或鏘鏘，作者留有伏筆，比如金枝、文俊以及政彥等，出沒不同篇章，有時候擔任指揮，主導交響樂，有時候只是噹噹噹，敲響幾下三角板。

蛇

「恁老母一定是改嫁給別人啦！」一回禁不住志雄三番兩次的詢問後，樹嬸一如平常講話的方式，扯開喉嚨運著比樹上的蟬還大的嗓音，吼出這句話。生氣的表情有些異樣，比平常老遠吆喝孫子吃飯時多添了無奈，講完也不再念念有詞，望著橘黃的太陽從巒峰間降下，一副若有所思的樣子。那時天色半明未暗，一片鐵灰，家人開燈會被她嫌浪費電的狀態。屋旁樹上青澀的木瓜沾染了些落日的餘暉，轉變成果實熟成時的橘紅色，結實纍纍壓在屋簷上，不堪負荷的塑膠板垂頭喪氣，撇歪了臉。

文俊和阿公阿嬤住在東北角一個濱海的小村莊，依山腳而居，四口人窩在一幢嵌有舊式黑磚瓦的房子裡。一回颱風把屋頂吹出幾個坑洞，脫落的瓦片被颳到離家十餘公尺的竹林地，文俊翻屋撿球都得小心翼翼。樹嬸一回問來鋪路的工人能否修補，工人說：「屋頂年久失修需全部翻新，我有個遠房親戚在做裝潢，可以算妳卡便宜一點。」她含糊地說伊參考看看，入門後碎念：「聽伊哩騙肖。」刻意壓低音量怕隔牆有耳，語畢至窗旁探頭探腦，摸蜆仔兼洗褲，並拂去窗上的灰塵和蛾翅，碎語道：「現在社會壞年冬，痟郎多，騙子更多。」

文俊的哥哥和爸爸就是痟仔和白賊七。

鄰居們喚文俊的阿公樹叔，他的鼻子樹皮般坑坑洞洞，上頭掛著畏怯的眼神，面色青恂恂，像患了難以根治的絕症，長年穿件破了幾個洞的汗衫，寒冬便披件沉甸甸的黑棉襖外套。語言被破鑼嗓子蛀得坑疤，比文俊嗜酒的爸還沙啞，不成材的兒子們讓他覺得矮附近亂線似的遠房親戚一截，且長年時來運不轉，養雞下蛋少又小，雞與蛋皆秤沒幾斤重，早期捕魚在船上滑了一跤，龍骨尾端受傷而不良於行，加上樹嬸成天連珠串的抱怨與數落，日子一久，寡言的他就變得更沉默了。看電視時他偶爾叨念：「恁要認真讀冊，長大做好仔。」阿公訓話時文俊會裝模作樣一下，挪到書桌前，雞免同籠幾隻腳，眼睛偷瞄，快使用大絕招。他老花眼瞇得像沒張開，而文俊的哥哥仍緊盯著電視，如同跟蹤敵人不放的正義使者。

樹叔喜釣魚，當誘餌的沙蟬貴且稀，和文俊祖孫倆晚上常至溪邊撈蝦湊合著用。蝦子白天躲石縫，晚上溜出洞，眼睛被燈一照便亮晃晃得如同鑽石般熠熠發光，無所遁形。溪哥、紅貓、鯽魚夜晚入眠，慢如牛，網子一蓋便如孫悟空入如來佛之手，酥炸後蘸醬油充當晚餐主食，一家人和著白飯三兩下便囫圇下肚。樹叔去溪邊總攜著一隻叉，拐杖兼武器，一見蛇便往蛇頭襲去，過山刀或錦蛇都插翅難飛，拎回家的蛇被他泡在陳年老酒裡，樹叔總說喝蛇酒能呷百二。櫥櫃上擺放著數十瓶泡著不同蛇種的老酒，瓶罐中的蛇病懨懨地目送一家來去。

樹叔處理蛇的時候，總要文俊在一旁守候，遞刀除皮，接血搧涼，並不忘教學指導一番。蛇膽清肝降壓，交媾時勿驚動擾亂，其每年僅繁殖一窩子嗣；擅擬態的青蛇和青竹絲差別在毒者頭部呈顯著的三角型，蛇鱗能阻隔石灰和雄黃，飼養時避免混種群養，以免彼此攻擊吞食；吐舌代替鼻子嗅聞，而非挑釁嚇唬敵人，除非遇襲否則鮮少發動攻擊。一回樹叔抓到稀罕的雨傘節，興奮之餘破例網開一面，放在籠子裡和牠對望，見人便嚷著活捉了雨傘節。幾天後，蛇消失了，剩下空蕩蕩的鐵籠和幾片稀疏的雜草。樹叔把籠子抬得半天高，仔細檢查籠外覆蓋的漁網，而拴上的鎖仍緊扣著。

「奇怪，無人亂動按怎會無歹無誌就不見了？」

「你沒有動喔？」樹叔連續幾天照三餐質問文俊，像定睛緊盯著獵物的蛇。

「毋通像你爸同款講白賊，不然以後會被閻羅王割舌頭。」

黑白相間的雨傘節，黑色環結暗如鐵，融入欄杆內，而白的部分從縫間竄出，拼湊成一隻潔白的蛇，逸行。雨傘節消失後兩天，文俊做了個夢，斑斕豔麗如蛇鱗的夢，夢中的他在竹林裡巧遇一對交尾中的蛇，雄蛇用腹面兩側突出的疣粒撫觸雌蛇，緊密依偎於側，並不停地抖動尾部，文俊一個箭步使力過重，滿地落葉被踩踏出沙沙聲響，正在求偶的雄蛇受到擾亂，猛噬了他一口，文俊躲避不及，驚覺右腳傳來陣陣痲痺，定神朝下一望，上下兩排齒痕，傷口火燒般舔灼著皮膚，但不見蛇的蹤影，公母蛇早已鑽進靜默的山林裡。文俊倉皇返家，步行途中惦記樹叔曾告誡被毒蛇咬傷後不得奔跑，魯莽將導致毒素竄流的速度，但仍一跛一跛地加速返家，草叢纏綿潮濕，林蔭深黑如烏賊囊墨，群鳥高低鳴叫助陣，文俊慌亂中一個閃神，被隆起的石塊絆倒，空氣中混雜著植物千奇百怪的味道，在他著地時圍剿而來。文俊狼狽起身，同時從夢境脫離，他呆坐於床沿，汗水涔涔，其中似乎混雜著淚水。

文俊的爸鮮少返家。他會突然出現在門口，手上不會有伴手禮或水果，或躲在屋簷下，從窗戶縫隙往屋裡探望，像個找尋下手目標的賊。有時他會在屋外踱步審視，然後發現沒貴重物品能下手似地，又加速快步離去。一回他悄然立在紅鐵門外，門把扭轉，樹嬸開門差點撞到他。「阿忠你多久無返家啊？我差點就要去登報找仔！」他傻笑，順勢從她的側身一腳入門。「最近有工作無？」「有啊！」文俊看著爸的臉，一股陌生的距離感油然而生。他的樣貌迭有新意，有時頂著膨鬆雜亂的捲髮，或蓄著久未刮除的鬍渣，有時頭髮又理得光順整齊，似乎要改邪歸正重新做人，但卻更凸顯出從眼神、衣著和口音間漫溢而出的寒酸。唯一不變的是終年不散的酒味，彷彿返家前要先喝酒壯膽。阿忠答後便坐在沙發上的空位，文俊的哥哥起身，邊嘀咕邊扭著屁股步入房門。樹嬸的肉色內衣褲和樹叔的汗衫掛在窗邊，從窗縫透進來的風將衣物吹得晃蕩，阿忠瘦乾癟，把客廳塞得水洩不通，像鬼針草般常不動聲色地黏上身，卻又難以拔除。

阿忠說謊時面不改色，眼神也不會有閃爍的遲疑。文俊幼時允諾他累積十次一百分會帶他去遊樂園玩，一回拗不過他苦苦哀求，終於抽空成行。阿忠帶著文俊往濱海公路走去，而非火車站的方面時，文俊便知道他又食言了。文俊在家附近的濱海公園盪鞦韆時，阿忠在他身旁抽著菸，在濱海小村成長的男人慣常是話少的，不知過了多久，他才緩慢地說道：「我驚無法度將你和哥哥照顧好，才把你們兄弟倆給阿嬤顧。」沒人知道阿忠這回說的是真話還是謊言，阿忠說謊的技術爐火純青，毫無語帶猶豫或詞窮的破綻，彷彿靠說謊維生般自然。路邊的臭豆腐攤販飄來陣陣香味，天空清爽得毫無任何慢條斯理的雲，與海面綿延成一面無垠的藍。阿忠夾著菸的手放在臉頰旁，從他口中吐出的煙隨著海風迅速散逸。

文俊從不拆穿阿忠的謊言，他隨時都能衍生出一套說法來自圓其說，連自己都騙過的人都深信能瞞過所有人。文俊嚥下口水，望著遠方停泊的漁船，阿忠早年還未離家時，曾和三叔公跑了幾個月的船，文俊放寒暑假時也被拉上船幫忙，披星戴月，鉤餌放網，將無法食用的熱帶魚和體型幼小的魚扔回海底，門可羅雀，除鱗收線，望著太陽西下或東昇，盤旋的海鷗不時停歇，啄食殘留在甲板上的魚苗和小蝦，文俊時常盯著海發愣，卻又看不出什麼來，只能隨著沉浮的船身左搖右晃，柴米油鹽對彼時的他而言，尚是另一個世界。而阿忠像條擱淺在船板上的魚，嘴邊吐出的是易碎的泡沫。討海人打撈上岸時常只有水，漁網一收又從網縫中滑走。阿忠擅於立志，但往往短如朝露，後來受不了大浪時的暈眩便先行上岸，牽罟時在眾人拉網之際，一臉賣力地放鬆手中的勁道。母親對文俊來說始終只聞其聲，只在樹嬸慷慨激昂的叫罵中略知一二，而兄弟倆一如剛孵化後的幼蛇，獨自覓食排泄或閃躲鷹隼的襲擊。長大後阿忠變本加厲，樹嬸一回拿著詐欺的法院出庭單，質問文俊上面寫些什麼。龍交龍，鳳交鳳，老鼠生的兒子會打洞；文俊克紹箕裘，順口佯稱只是張廣告紙。多數時文俊只能默默與自己搏鬥，缺少敵人更無須裁判，如割尾後的蛇，垂首疲軟。

文俊的哥哥叫志雄，水桶腰，蒜頭鼻，一頭海風也吹不動的頑固捲髮，志雄懷有星夢想念演藝科，成天在電視前一是左腳二是右腳，大家跟我一起來。日後遠赴台北讀培養出很多明星的私立高職，但系主任打了退票，要他註冊隔壁棟的老人看護科，假日返家就嚷著某個男孩團體成員在他隔壁班，人帥有型又多金，他變性後要嫁給他，一年半後沒錢繳學費的阿忠把他從台北運回來。志雄繼續扭腰擺臀，像顆裝了發條的巨大馬鈴薯，無來由的自信和自卑。志雄需要父親，藉由仿效矯正怪異的扞格不入，但志雄繼承了阿忠的彆扭，即便渴望也會假裝不需要。文俊外向，自小便在田野間打轉，爬樹兼捕蟬，燒土窯空檔打水漂，但志雄白皙靦腆得像個剛入門的小媳婦，成天不離家門，鄰居譏嘲他查某體也不以為意，兄弟倆個性南轅北轍，名字應該交換。

平日閒暇時文俊幫忙樹嬸養雞，大清早先至屋旁的雞舍，蒐羅雞籠內的蛋，再將雞野放，讓雞群在雜生的菅芒花和瓜棚豆架間打轉，放學後劈木除草，以充當日後殺雞生火的薪柴。雞舍是棟簡陋的土角厝，擺放逢年過節烘粿的大灶和樹叔務農的鐵耙鋁鍬，屋內陰暗濕涼，文俊不時得捕捉藏匿在茅草木柴之間的蛇，也按圖索驥認識更多的蛇種。擬態成落葉的百步蛇鮮少出沒，毒攻神經系統，早些年一村民遭其攻擊，送醫不及，食指因而短了兩截；青竹絲尾巴呈磚紅色，體側一條白色縱線從頭部爬至尾端，不似青蛇一身草綠；臭青公最難纏，性剛硬且攻擊時散發強烈惡臭。更多的是棲息於此的蜥蜴和青蛙，蚊蚋與蛾蝶，屋外一片蓊鬱的山林，千藤萬鬚，唧唧嗡嗡，枯葉繁枝腐果嫩葉，咕咕嘎嘎，蜈蚣螞蟻蜘蛛馬陸。

初次抓蛇時，敵人老神在在又難以對付的模樣，文俊盤算一陣子後從蛇頭往下一壓，捏握蛇尾便將牠提了上來，蛇在他的手臂上蠕動，鱗片觸感滑順，並不似青蛙蟾蜍般濕黏，卻皆缺少耳朵。蛇有聽覺嗎？文俊心中一陣困惑，端詳蛇的眼睛周圍，只見緊密並排的蛇鱗，不見任何貌似雙耳的形體。文俊最終將蛇野放，蛇流暢地朝黝綠的樹海扭動前進，文俊望著前方，憶起幼時曾和阿忠上山挖掘竹筍，阿忠一個不留神，將他遺留於半山腰，文俊毫無任何恐懼或哭泣，寸步不離等著阿忠的歸來，最後是焦急的樹叔提著手電筒和除蚊液，在遍尋群山後，發現文俊趴坐在一顆石頭上打盹。

就學時的每年暑假，文俊都在家附近的海水浴場打工，引領滿臉興奮的都市人玩香蕉船，遊畢甩尾將船上遊客拋到海上，他看著他們興奮又慌張的臉，邊暗忖往後落腳何處，卑微且卑鄙的叛離，樹叔的告誡文俊從善如流，努力念書，大漢做好仔，別像阿忠一樣生雞蛋無放雞屎有，要呷不討賺。海浪周而復始地往返，漂來漂流木，捲走一些沙；火車運豬般載來大把人群，人群帶來寶特瓶。砂石車煞車時的侷促不安，尾吐灰煙又匡啷匡啷地漸行漸遠。夏末逐漸消退的人潮和燥熱，小皮球香蕉油滿地開花二十一，誤食海檬果的觀光客被救護車連忙運走，馬鞍藤繼續偽裝成牽牛花。母親的下落其實無關緊要，文俊對她的記憶也糊得如被砂石車輾過的蛇，稀巴爛。

文俊北上工作的頭一年，生活艱困且緘默，電話帳單水電費和房租輪番上陣，縮衣節食每個月寄錢回老家，人際的點頭與推擠，最終無可避免的分離，日常在半推半就中緩慢前進。文俊抽了一天假日的空檔返家，欲辦理遷移戶口，到家時發現門反鎖得緊實，索性便出外晃蕩。文俊的老家前不遠處便是海，放眼望去海平線清晰可見，他順著狹巷朝漁港前進。海邊的房子總灰頭土臉，彼此緊捱著哆嗦，彷彿便能抵擋終年長驅直入的海風。沿路人去樓空的廢棄建築，牆面泰半斑駁不堪，裸露出的鋼筋嚴重鏽蝕，蔓生的藤蔓苔蘚攀附其上，屋角潮濕處呈深黯的鐵灰色。文俊沿著堤防拾階而上，鹹濕且飽滿的氣味從鼻腔灌入，擴充了他的胸膛，往前一望，一大片向海面傾斜的潮間帶，粗礪起伏錯落，交雜著散落的漂流木，遊客罕至，幼時撿拾海帶和寄居蟹的遊樂場，更遠處是片溫馴的沙灘，一塊巨石矗立其上。

春雨霪綿，雲層積疊，風一吹彷彿便會滲出水來。四周安靜得僅剩浪花撫觸沙灘的窸窣聲響，夏日的嘩噪仍在遠方。遠處漁船羅列於港邊，沉浮搖晃，濱刺麥和木麻黃仍堅守崗位，固林禦風。文俊躺在巨石上，望著四周再熟悉不過的景象，和一片廣袤的海。海，萬物洪荒的解釋和灰燼，生與死，功勛和罪惡，美與醜，聰穎或愚騃，於此皆無以為繼。沒有踉蹌，沒有跋涉，文俊需要無拘無束而非左支右絀；需要能安然下錨定身的深度，而非困蹇航途的顛簸搖晃。

海不著痕跡且遼闊地影響著文俊，一切都是潛移默化，但談不上什麼龐大的規模，如同文俊居住的小村落，夏日人聲鼎沸，除外的時間只有零星購買便當的人潮，僅剩落葉和年邁長者的步伐，讓人察覺村落仍在跳動著，和凝滯的時間一起筆直前進。或老者停止呼吸後，從遠方返鄉來披麻戴孝的送葬隊伍，才能替這座廢墟般的村落帶來些許熱鬧的聲響。再把鏡頭拉遠，會在一片茂盛的榕樹蔭下，看到一座低矮的土地公廟，中秋聯歡晚會和元宵猜謎大會皆於此舉辦，如果香油錢充足的話，廟公將請來野台戲酬神，妙齡的脫衣女子會在散戲後的餘興表演時，在土地公前嬌羞地脫到一絲不掛，文俊偶爾覺得不妥，仍和村落的長者在台下看得入神。而土地公廟再延伸過去便是一大片的稻田，結穗飽滿的稻子隨著清風徐徐款擺，幾棟紅磚砌成的屋舍矗立在田埂上，兩頭牛坐臥在稻田裡，幾隻盤桓的白鷺不時停憩在牛背上，黃昏落日時，夕陽將稻海折射出一面波光熠熠。

但在更多數陰灰陣雨的天氣裡，村子被遺落在某個孤伶偏僻的角落，衰老傾頹，一如虔誠靜默的朝聖者。

返家後文俊遠遠便看見樹嬸，她仍守著屋旁的一方天地，背脊佝僂，扛著裝滿寶特瓶的麻布袋，腳邊堆疊著成綑的紙箱，尚未踏扁的鋁罐和鋁箔包散落一地，屋外的雜物上覆蓋一片尼龍布，隨著微風晃動著，長期日曬雨淋使其從深綠褪成花白的淺綠色，三隻貓圍著她，或輕聲叫喚，或揚起貓尾蹭著她的褲腳，地上遺留些許乾黑的魚骨殘骸，蒼蠅盤旋環繞其上，幾隻嗷嗷待哺的幼貓，瑟縮在屋旁橫臥的荒廢油桶裡。比她身型大上數倍的袋子和屋旁的枝枒將她蔭成一團黑，樹枝鐵鍊般纏住她。

文俊眼神些微漫漶渙散，一切景物未因離家而日益陌生。回憶一部分向前，一部分停滯，還有一部分是後退的，隨著光陰遞嬗。未來的荒蕪和躊躇，日常的虛妄與掙扎，往事的消匿或淡然，連同雨水全混成一塊。文俊繞路從側門進出，在豬肝色的鐵門前脫鞋，門口貼著邊緣已脫落的門聯，他踢開門口的拖鞋，開門時鐵門發出喀啦的金屬碰撞聲，一股潮濕的酸腐味衝向文俊的鼻腔。燈暗，屋內布置一如往昔，五坪大的客餐廳相連，餐桌上仍舊充滿雜物，鋪著不相襯的綠色塑膠墊，醃漬醬瓜的透明瓶和肉鬆罐頭並排而立，碗筷散落桌上，桌旁倚著畚箕和掃把，牆角聚集一堆油漆剝落的碎片。

窗外透進來的光將室內的景物調得灰暗，覆蓋著一層薄膜般，志雄蜷縮在沙發上，就著螢幕反光望著電視，志雄像個永不孵化的蛹，逐漸和房子合為一體，成為一個巨大的繭，密實而難以穿透。阿忠一回看不慣志雄走路扭擺的模樣，叫他走路正經點要像個真正的男人，志雄冷淡地回他：「當男人有什麼用，像你老婆還不是跑掉。」阿忠面有愠色地說：「她沒有跑掉，只是離開我們一陣子。」進屋後的文俊不發一語，從抽屜抽出戶口名簿後便轉身從側門離開，志雄和樹嬸始終未發現他的來去。

回程文俊信手翻閱戶口名簿，原來缺席的母親叫金枝，他還發現阿忠也是屬蛇的，和他一樣，年長他兩輪，而志雄大文俊兩歲。阿忠高二肄業後，退伍後便蛇歸巢般滑進文俊母親濕潤的下體，原來阿忠屬蛇，難怪總是來去無蹤，一臉滑溜狡詐。而後文俊依稀瞥見那隻樹伯活捉的雨傘節，由鐵籠深處滑了過來，伸吐舌信後，從他手邊的縫隙，從容地滑了下去。

金枝

揹著工具包的水電工緊跟在她的後頭，兩人左彎復右拐，疾行時水電工腰包的各式金屬扳手彼此碰撞，發出厚重響亮的聲響，她居住的地方在一條小巷深處的死巷裡，沒她帶路的話，十之八九的訪客難以找到確切的地址。沿途中歪七扭八的摩托車雜亂停放，地上滿是菸蒂和檳榔渣，柏油路上經年累月的坑洞久未補修，某間餐廳的後門敞開，廚餘桶在溽暑的加溫下散發出濃重的酸腐，冷氣機櫛比鱗次地在角鋼架上依序站立，斑駁的水泥牆面偶有意義未明的醜陋塗鴉。躺臥在牆頭的黑貓，不懷好意的雙眼淡漠地目送他們前行，水溝蓋的洞隙間黏有口香糖，並不時傳來混雜著餿味和尿騷味的酸臭，一隻敏捷逃竄的蟑螂悄然鑽入孔隙裡。頭頂上垂掛著毫無章法的電線和水管線路，晝伏夜出的路燈貼著搬家公司和瓦斯行的宣傳貼紙，更高處不時有防患未然的攝影機，視線遠方的屋縫被另一棟高聳的大樓遮蔽住視線。這裡雖位處在都市內卻不見天日，秋老虎悶熱的空氣在建築物間蒸騰，缺少微風的吹散流通而顯得更為濕黏了，而她的家就在某條僻靜且狹仄的暗弄裡。

上樓前她下意識地轉頭探看，確認水電工沒跟丟後她從口袋拿出鑰匙，轉開鐵門並先檢查信箱，從信件內抽出水費繳交通知單，她便順手將從未留心過目的各式廣告單扔進信箱下的紙類回收桶。她的住家在這幢公寓的二樓，當初為了避免年老時，膝蓋退化難以承受上下樓梯的負擔，特意挑選了較低的樓層，但卻沒料到公寓二樓以上的排水管線共用，二樓又位在管線轉折處，一旦管線阻塞或倒灌，最先遭殃的便是二樓的住戶。家裡有點亂喔，進屋前她寒暄說道，水電工微笑以對，這是他進入業主家中前很常聽到的一句話，所以他靜默沒回話。一進門他便聞到一股濃濃的酒味飄散而來，放眼望去，應是標準三十坪公寓的格局，但堆滿雜物的空間內顯得異常侷促。客廳裡有張三人皮沙發，座面久經磨損龜裂脫皮，沙發旁有座小圓桌，上頭擺放招財聚氣的紫水晶，在日光燈的反射下迸出絢麗的晶亮，茶几上食畢的碗盤四處堆疊，油膩便當盒裡的配菜早已乾枯泛黃，胡亂竄飛的蒼蠅在上頭覬覦，菸灰缸堆滿菸屁股，地上數個壓扁的啤酒罐和威士忌的空瓶。他小心翼翼地避開身邊的物品，尾隨她進入主臥的廁所，她始終沒發現水電工緊皺著眉頭。

她望著眼前年約四十歲上下的水電工，許久沒仔細端詳男人了，尤其是比她年輕的男人，她店裡的客人多是和她年紀相仿的不素鬼。水電工在滯悶的廁所內忙進忙出，大粒汗小粒汗，被汗水濡濕的吊嘎仔緊貼著身軀，上半身的刺青若隱若現，凶猛的老虎盤據在後背上，面朝炙紅的太陽，身後是翠綠的竹林，左胸的龍刺了一半，缺色的龍身彷彿透出逆鱗的警告。麻花金項鍊的粗度應該是三兩的，嚼食檳榔的齒縫遺留下殷紅的殘渣，吞吐出夾雜菸味和南部腔的輪轉台語，鼻息起伏下結實的胸腹有股隱約的張力在撥弄著她，經久勞動的雙手青筋浮凸，右臂還有一條不知是手術或刀砍後遺留的長疤，他忙碌勞動時疤痕彷彿蜈蚣般爬行，在濃密的手毛裡潛伏。從額上滲出的汗水汩汩而出，順著他太陽穴摩娑過臉頰的鬢角，滑過臉龐並匯聚至下顎後頻頻滴落。一滴兩滴，滴入她槁木死灰的心湖，三滴四滴，但她心中的漣漪已蕩然無存。她立馬回神並浮現一絲對自己的鄙夷，哪輪到她這樣打量男人，向來都是男人巴望著她，像看到骨頭後搖尾乞討的賤狗。從來都是她勾得男人的三魂七魄變成失魂落魄，十個男人看到她有九個都看得出神，另外一個男人八成不喜歡女人。

「頭家娘，我幫妳水管清通了之後有問題再找我喔！」「蛤還會有問題喔？」「妳這個治標不治本啦！二樓本來就很容易阻塞，我待會還有約個客人我先走一步喔！」水電工收下兩千塊，收拾散落的工具後便去趕場了。她望向層疊紙盒上的時鐘，陽光在這深巷發揮不了太大作用，深秋五點左右天色已暗到和夜晚時差不多，待會要去美樂地支援晚班，午班也是臨時請假修水管。她步入主臥室，窄廊上一排落地的鞋盒，裝著久未搭配或尚未開封的高跟鞋，換季的厚重冬衣也分門別類儲放在裡頭，她身材細瘦，在狹窄的通道內不必側身前行。她坐在梳妝台前著手梳化，望著鏡子內的倒影，任誰都會覺得光陰並未在她身上雕刻出太多歲月的痕跡，即便面無表情，一雙尾角上彎的桃花眼仍是眼底含笑，發笑時更是眼神嫵媚嬌態畢露，應是紅顏薄命的坎坷際遇無形中在她身上籠罩淒楚的氛圍，楚楚可憐的柔弱模樣常惹得男人心生憐愛，穠纖合度的柳眉稍微增添些明朗的氣息，雖已接近半百的年紀，但魚尾紋甚少躍上她的眼角。她套上一件貼身剪裁的灰色蕾絲洋裝，卸下髮夾梳攏盤起的烏黑長髮，描畫眼線液讓因日夜顛倒而略顯睏意的雙眼更為有神，在臉頰和額頭推開粉底液，撲上粉餅將黑眼圈與顴骨上些許雀斑稍事遮瑕，抿了抿剛塗抹的護唇膏和口紅，最後在頭頂上噴幾下香水，待香味擴散至她的衣領腰身與絲襪後，她拎起鑲有玻璃水鑽的手拿包便匆忙出門。

向晚的街道熙來攘往，鮮豔醒目的店家招牌紛紛亮起，川流不息的車陣競逐，刺耳的喇叭聲此消彼長。從白牌計程車下車後，她先拐到店面巷口的麵攤，外帶一碗煮爛一點的陽春麵，並囑咐老闆燙青菜別添加醬油。進入店前門後傳來隱匿的音響重低音，推門後她覷見角落已經有一桌熟客在引吭高歌了，她頷首微笑致意便走入吧檯吃晚餐，她身後展示櫃一排威士忌高粱和清酒等烈酒，酒櫃下方的流理台種了一盆開運的黃金葛，櫃外的白牆上貼著一張轉置的方形春聯，上頭撇捺著一個大大的滿字。櫃檯上有座大小適中的水族箱，老闆娘風水避煞兼招財的考量養了九隻孔雀魚，一隻母魚終日被八隻公魚追趕得無處可躲，而缸底匍匐著一尾專食殘餌和魚便的垃圾魚。她總覺得五顏六色的孔雀魚，彷彿她以前在歌廳時穿著的禮服般奪目耀眼，豔紅暗紫鮮黃桃紅亮橙湛藍，魚隻在水草造景和打氣聲裡優游自如，亮晃晃的白熾照明燈映下，魚尾晃動如跳舞時在霓虹燈下飄逸的裙襬。用餐時她憶起那段歌舞昇平的日子，台灣經濟正值迅速起飛的八九〇年代，百業興旺錢淹腳目，客人出手和小費都慷慨大方，桌單現金付帳，沒有現今賒帳月結的模式，她腦中依稀記得某些熱情的榮民老兵，退休賦閒的公務員或老師，跟蹤騷擾她的狂熱追求者，在她電棒捲偷黏口香糖的眼紅同事。眾人的面容在踩踏的舞步中隨燈光一併退場，她周旋在男人舞台之間，打轉在掌聲紅包之間，而回憶如橡皮擦般，拭去過往的許多細節，只遺留模糊的字樣供人辨認。

耳邊傳來嘹亮的歌聲，將她從緬懷的思緒裡拉回現實。在她懷念往日時光兼用餐的期間陸續進來兩桌客人，站在她身前的老闆娘用眼角餘光示意，她把僅剩的地瓜葉塞進嘴裡，將還未打開的陽春麵塞進酒櫃下的個人置物櫃內，照鏡子補點口紅後便開始上工了。

走出櫃檯時看到來支援上班的小倩搬出傘架，她暗忖今天的人潮不知道會有多少，雨天的來客數最難捉摸，生意不是大好就是大壞。她在搭理客人前先替自己點一首開場曲人生的歌，在按歌曲序號時瞥見電視螢幕附近的常客炮哥，兩人四目相接，她遞了個職業笑容過去後在心裡撇歪了嘴，而老闆娘在她身邊向炮哥敬酒，即便百般不願意她仍舊得過去向炮哥打聲招呼。入座前炮哥不安分的眼睛便從她的小腿往上逡巡了一遍，像隻緊盯著獵物的狼，但她已習於炮哥不懷好意的貪婪目光，炮哥的上衣被圓渾的肚皮撐得緊繃，西裝褲下趿著藍白拖，鼻頭上有顆顯著凸起的黑痣。坐下後她先替炮哥斟酒，遞給炮哥時她覷見他斷指上的婚戒仍是晶亮，再從桌緣拿了個空酒杯，倒至五分滿並神色自若地舉杯，抬起手後香氣隨著她的手勢飄散開來，乾杯時炮哥左手順勢緊貼她白皙纖細的右腿，她膝蓋朝內緊縮，坐在他倆對面的老闆娘定神瞟了她一眼，喧鬧中她感到腹背受敵，炮哥粗糙的手勁又壓深了些，她手掌溫柔地貼上炮哥指節扭曲的手，借力使力地輕推，欲迎還拒之際喝盡杯內的威士忌。然後她的歌來了。

迅速脫離炮哥的侵犯後她緩緩走向前台，低迷輕柔的前奏響起，投射燈在牆上拓印下她身形的剪影，身旁直立的柱子上架著提示歌詞的小螢幕，但這首歌她唱了好幾百次，閉上眼都能一字不漏地唱完。前面是這樣唱的：愛唱一首歌一首有頭無尾的歌，三兩成群的客人斷續地塞進這個六十坪左右的店面，不到八點整間店便已接近客滿了，顯然今天的生意是往大好的那端靠攏。但雨天的客人也最不好按捺，酒精下肚後容易惹事生非，各方人馬撐著雨傘和往事前來，複雜的心情雨滴般不斷滴下，而她厭惡便利商店廉價的透明雨傘，下雨時已被淋得手無寸鐵，四濺的水花濡濕現實的毛邊，被迫浸泡在潮濕的思緒裡，此時更需要一把深色系的傘，壓低傘緣來阻隔和抵禦外界。接下來是這樣唱的：有時陣為著渡生活，就愛配合別人心晟。唱歌的途中小倩在她前方忙碌地協助客人點歌，並安插形單影隻的客人們在同一桌，而老闆娘曼妙的身影穿梭在馬蹄形開口的桌子間，巧笑倩兮地噓寒問暖，替客人夾冰塊後倒酒，要金牌台啤烈酒還是喝茶？添補零嘴和下酒菜，並不時和熟客打情罵俏，夭壽喔！你怎麼消失這麼久死去哪了？

把我的悲傷留給自己，啊我嘸醉我嘸醉嘸醉請你免同情我。北風又傳來熟悉的聲音，雙人枕頭若無你也會孤單。烏溜溜的黑眼珠和你的笑臉，人說這人生海海海海路好走。情人難求愛人總是難留我是容易受傷的女人，夢醒來只有我名是寂寞字看破。早知道傷心總是難免的你又何苦一往情深，火車已經到車站阮的心頭漸漸重。你說我像雲捉摸不定其實你不懂我的心，浮浮沉沉藝界人生冷冷暖暖多變人情。我是一隻小小小小鳥想要飛啊飛卻飛也飛不高，我親像海波浪有起也有落。來易來去難去數十載的人世遊，咱倆人做陣遮著一支小雨傘。善變的眼神緊閉的雙唇何必再去苦苦強求苦苦追問，你是針我是線針線永遠黏相偎。多麼熟悉的聲音陪我多少年風和雨，一時失志不免怨嘆一時落魄不免膽寒。我是被你囚禁的鳥已經忘了天有多高，今夜又是落著小雨的暗暝想舊情也綿綿。我是不是你最疼愛的人你為什麼不說話，今夜風寒雨水冷可比紅花落風塵。

風花雪月的歌接連傳唱，客人差不多也喝開了。酒過三巡後的桌上一片杯盤與狼藉，滿溢著觥籌和交錯，開心果殼和瓜子殼四散桌面，旋轉電扇的吹送下，喉糖的包裝紙在歪七扭八的酒杯間徘徊，震耳欲聾的喇叭音量迴盪在煙霧瀰漫的空間裡，彼此交談時不得不扯開喉嚨賣力吼叫或親暱地交頭接耳。舞台燈在耐磨地板上兀自繞轉，橘紅黃綠的光圈在大小變化間不停閃爍，划酒拳的嬉鬧音量混雜著吹牛的吆喝聲，你來我往的乾杯追酒，杯與杯的碰撞像調情也像盤算。整間店裡有男有女有小三有小四有失婚情侶有老少配，有甜言蜜語也有虛情假意，有打量曖昧也有嫌棄婉拒。卸下白日辛勤工作的壓力和瑣碎，不問來歷頭銜或身分，眾人坐在略微凹陷的座椅上，在微醺的醉意間隨著歌聲與恍惚一併癱軟下去。但身處在這種混亂的時刻，在別人如泥的爛醉裡過日子，她腦袋卻相當清醒，雖不時需聆聽他人的牢騷，她倒不至於左耳進立刻右耳出但也不能左耳進就往心上擺。酒精的催化下，感官和悲歡都比平時飽滿，她早已熟習喧鬧所要掩飾的真實情緒，所幸歡樂的時間總是過得特別快，時間在人潮的輪替走動下一溜煙就過了。

等最後一節灰燼掉落，她將香菸捻熄後稍微打理衣裝，抖落沾染上身的菸酒味，她就與眼前紛亂的事物無關了。老闆娘和一些姊妹們已不知去向，店內的打烊時間是凌晨五點，但她下班的時間不固定，偶爾中途她就會被客人領走，有時天亮了還有捨不得返家的客人死纏著她拚酒，更偶爾會有醉到不省人事或借酒裝瘋的客人想癱臥在她的懷裡，她也會裝瘋賣傻假裝要賞他們耳光。她向小倩揮手道別便打道回府，推門而出時一股凜冽的冷風撲面而來，她拉緊衣領後雙手環抱，將手依偎在腋下取暖。燃燒整夜的燈火逐漸熄滅，白晝的景深在灰濛濛的塵霾裡漸次清晰，諸多貨車趕在一日運轉之前輸送物資進城，她步行到果菜市場附近的傳統市場，打算添購一些蔬果。疏落的車流在早市攤販的叫賣聲中停停走走，萬華人習慣騎機車上市場，機車便是主婦們的手推菜籃。她不時到客人強哥的果菜店採買，即便他時常暗渡一根小黃瓜或茄子給她，並滿臉橫肉地露出褻瀆的淫笑，她也總是粲然一笑後便轉身離去。以龍山寺為圓心，方圓一公里內的卡拉ＯＫ店不知凡幾，所以她不時會遇到熟人，有些是客人有些是共事過的同事，偶爾是去跟客戶捧場的酒商，通常這時候大家也醉得七葷八素了，在路上鬼吼鬼叫，走起路來歪斜得像台破胎的二手車，她習慣視而不見加速快步離去，以免又節外生枝，被拉去其他地方續攤。

返家後她扭亮客廳上的主燈，癱坐在沙發上喘了口氣。桌面的透明塑膠軟墊下，壓著繳費單和信用卡帳單，還有幾張客人給她的名片，尚有一張兒子年幼時一家三口的合照，當時兒子多大她沒什麼印象了，從兒子稚嫩的臉龐和體型判斷應該是週歲時照的，她抱著兒子，丈夫緊摟著她，夫妻倆笑得滿臉燦爛無憂無慮，兒子的眼神瞥向其他地方，並未直視著鏡頭。而照片外的她，視線也如相片裡的兒子般，朝屋內的其他角落打量，平常忙於工作疏於打掃，室內稍嫌凌亂，雜物緊密地逼擠著彼此，她喜歡這種被眾物環繞的安全感，她生性不愛丟棄東西，有形的物質讓她感到如釋重負。昏黃的燈光流洩而下，在長年她累積的物品上投射出暖黃的光暈，放眼望去彷彿褪色的老照片般，喀擦一聲後便凍結在光陰裡，永恆凝固在快門按下的那一瞬間，往後不曾老去也不會老去。

結束整夜的折騰後，她習慣用盥洗替嶄新的一天畫下句點。她寬衣解帶，壓出卸妝油將臉上的妝容和倦怠卸去，鏡裡鏡外的她像一對營養不良的雙胞胎，同齡的人多半已在腰腹上長出年輪般的肚肉，而她卻是執拗地，始終保持消瘦的身材，纖細的手臂不復見鬆垮的贅肉，不甚豐滿的乳房亦省卻了下垂的憂慮，她從未節食減肥，六〇年代一般家庭普遍都貧窮，僧多粥少的童年填飽她的是飢餓，她也從一而終維持著稀疏的食量。長年在日夜交替間過渡擺盪，時間對待每個人還是公平的，即便已敦厚寬容地待她，如刀的歲月依舊悄然削過她的身軀，於她身上鑿出曲線和凹凸，也在皮膚烙印下深淺不一的斑點，更伺機在皮肉的褶皺裡埋下初老的氣味，皺紋覆蓋在表皮薄如紙張的手背，也竄爬到難以遮掩的頸脖，衰老如浮塵，無有聲息地覆蓋在她身上。缺少衣物妝髮的美化，她就像顆剖開的蘋果般，在空氣中氧化色變，整夜未眠的倦容在卸妝後更顯憔悴，而她會在清醒多過宿醉的情況下，苟延殘喘地貪睡整個奢侈的上午。她拖著滿身疲倦躺上床，像顆扔進酒裡的冰塊，沉到杯底，她翻身想攬背後的丈夫，卻發現身旁不見人影，只有一顆靜默扁平的橫條紋枕頭，而後意識又浮起來，在泡沫裡載浮載沉。

翌日下午她在另一間星光大道支援午班。她最近常上兩個時段的班，兒子已過而立之年，她希望多攢些錢相添給兒子買房，她毋慣習在同一間店久待，這樣免去聯絡客人前來開番的業績壓力，她流連於好幾間店之間，哪裡缺少人手或需要她幫忙，她便前去支援代班，這樣客人也難以在同一間店持續碰到她。有的人會抱怨相遇不到，她便微笑回覆這不是遇到了嗎？也不想想沒有智慧型手機的年代多無聊，只能霉坐在沙發上枯等熟客或過路客上門，蹺腳看報紙翻到滿手油墨，現在還能用賴跟客人聯繫，但越想跟她要賴的客人她越不想給，她也不愛賴這個通訊軟體的名字，有種會被賴帳跑單的錯覺。她打開手機上網打線上麻將，消磨時間的同時也被時間消磨，午班的來客數不多，但客人相較晚班的郎客單純許多，多是無所事事的老男人來打發時間，偶爾是工作空檔或被別組人馬延遲進度的各種工人。她現在聽二五八筒兼混一色，並想著小倩不知道在做什麼，會不會又趁老闆娘不注意時，把摳出的鼻屎丟進魚缸內，而那些不知情的孔雀魚爭先恐後地搶食，她腦中依稀浮現出小倩沾沾自喜的笑顏。

在她自摸第二把後，門上的提醒鈴鐺響了，空等半小時後終於有客人上門。

她杵在員工休息室玩到哈欠連連，聽著外面老闆娘的招呼聲和對話，判斷應該是一個人前來的散客。念念，老闆娘從外面喊她，她從包裡拿出鏡子，抓緊空檔補了點粉底後便出場招待客人了。看到客人的那一剎那她愣了一下，這不是昨天到她家修水管的水電工嗎？但他神色卻沒有看到熟識面孔的反應，她領著他入座後，內心湧起懷疑的錯覺，並叨念著給自己聽的嘀咕，是她認錯人了嗎？兩個人的身高體格大同小異，只差在眼前的男人嘴巴正叼著一根牙籤，這分明是那個水電工沒錯啊，還是她梳妝打扮後變得跟之前是截然不同的人？雖然許多人說她化妝後比素顏時年輕了十歲，但是應該還認得出來吧？她今天穿著米白色的雪紡紗洋裝，妝也比夜班時濃，畢竟白天缺少夜色的掩護，需要更厚重的妝容來彌補臉上的瑕疵。他盯著沒比兒子大多少的水電工，故作鎮定的表情竭力掩蓋轉動的眼珠所洩漏出的狐疑，並臆測兒子是否也會到這種場所尋歡作樂，左思右想竟忐忑了起來，不確定哪個答案比較好。

「今天要喝點什麼？」

「都可以。」

「休假嗎？」

「工頭記錯行程，白跑了。」

「你做裝潢的還是拆除的？」

「刷油漆的。」

看來是她認錯人了。斟酒後她有一搭沒一搭地跟油漆工閒聊，他抱怨這幾年房市景氣不好，購屋人數下跌連帶降低裝修的需求，有些屋主也會自行油漆節省被房貸壓縮的預算，事頭比以前減少許多，別人是三天打魚兩天曬網，而他是兩天塗油漆三天等油漆乾的窘況。她是喔對啊真的嗎別騙我喔地附和著，不時交換理解體貼的笑容，不太表達自己的意見，其實在這行打滾久了，她深諳謹言慎行的道理，每個因為不同理由而前來尋歡的男人，都有各自在俗世的挫敗與苦難，有時候不保證哪個無心之言會挑動客人敏感的神經，所以她一向不多話。在佯裝認真聆聽油漆工的怨言時，她順勢觀察油漆工的外貌打扮，工作褲和指縫殘留著油漆噴灑沾黏的斑斑痕跡，右臂不見蜈蚣般的粗長疤痕，取而代之的是一長排平行並列的寬短刀疤，手肘內側尚有密麻的孔洞，緊蹙的眉頭有種和他工作性質不太相符的憂鬱氣息。油漆工不時抖著腳，支頤的左手叼住菸，右手在大腿外側來回摳抓，她不很確定褲上的破洞是被他抓破的，還是被不經意彈落的菸頭燃出的小孔，他急促的口氣掩藏不住焦慮的心思。她已見識過不少五湖四海的男人，她明白油漆工正為生計這根緊壓住他的稻草而喘不過氣，但油漆工又是開朗健談的，偶爾在挖苦自己時便從嘴角溢出爽朗的笑聲，雖然那笑容像是要緩和鬱悶的氣氛硬擠出來的。油漆工的笑靨像一陣清風，拂過她心頭某處燃燒殆盡的微小火苗。

她沒料到閱人無數的自己，會被一個來路不明的油漆工挑起無端的躁動，就像她也從不明瞭瘦弱的她，也像株在田壟或溪澗旁叢生的菅芒草般，在風雨裡搖曳晃蕩，卻無意間勾起男人離鄉背井時，高速行經鐵道或馬路的漫長旅途上，那片在往後深埋心底的路邊風景映入眼簾後，而油然升起的惆悵或鄉愁。在微風的助長下她內心的火勢漸旺，一陣渺小但確切的慾望正在灼燒，她的意志在猶豫和妥協之間搖擺，飄忽的情慾在反覆壓抑時依舊頑強躁進，她今天比平時貪杯，油漆工亦喝了不少，她拿不定主意油漆工是否對她也有遐想的心意，如果自己再年輕一點就好了，她便有更篤定的籌碼去試探油漆工。青春像失去黏性的貼紙，搖搖欲墜卻又沾附在她身上，但她這個年紀的女人，已經不能再靠投懷送抱來引誘男人，那樣太廉價了，也無法滿足男人與生俱來性喜征服的天性。偶爾聽小倩分享現今年輕女孩各種瘋狂的舉止，小倩感嘆時代在變但男人的色慾薰心永遠不會變，她還聞用下體吹氣球的誇張玩法，她也只是調侃笑道那生完小孩後就能漏尿灌水球了。她慶幸長年下來勤於打理自己的外貌，家中的保養品比各式酒類空罐還多，對外表的儀態依舊有一定程度的把握，她試探地瞟了油漆工一眼，意外發現油漆工眼眶裡也有炙熱的火焰，她眨了眨眼，捲翹的睫毛上下撲動，迷離的眼神朝油漆工的眼睛深處鑽去，像過往男人從她兩腿之間鑽進去那樣。

已屆更年期的她性慾節節衰退，但她依然記得那些巫山雲雨的床笫之事，在這間商務飯店翻雲覆雨，在那間汽車旅館天雷地火，有時探進躲在幽暗巷弄，週末掛起各式東南亞語的招牌以招攬外勞幽會的破舊旅社，這種維持七八〇年代舊式裝潢的地方，特別容易撩起她的情慾。待男人慫恿對房事不算熱衷的她褪下衣物後，她便會裸露出瘦骨嶙峋的潔白身軀，卸除平日的含蓄與拘謹，暫時毫無保留地將自己交付出去，臥躺在床上任男人擺布，行進初始她總不太能進入狀況，但在男人興致勃勃的挑弄之下，發熱的胸口有股奇異的暖流在沸騰，循序漸進的輕飄感折磨著她，蠕動的身體有節拍也有韻律。可是她不太叫，長期被酒精醃漬的喉嚨乾枯如沙漠，開口只吐得出風沙，隨便悶哼個幾聲便交差了事。一輪愛撫結束兩人熱烈地交纏彼此，像兩根迴紋針般緊勾住對方，她始終印象深刻有個做攝護腺手術的壽司師傅，輕重緩急的手勁反覆搓揉著她的陰蒂，流暢地在她體內揑出豐盛的夜宴。

而男人總會在雙方都焦渴難耐的激情時刻，在她無言懇求或他難以控制獸性之際，倏忽滑進她已然潮濕且顫抖的陰戶，此時她會不自主地放聲呻吟，無人召喚或逼催，菸酒嗓的低沉嬌喘亦有不同韻味的興致，她收縮的陰道緊夾住男人鼓脹的下體，耳鬢火熱廝磨，唇齒緊密相依，而性慾高漲的男人正急速衝刺，口吐穢言或唾沫，手心粗糙的厚繭，去角質般在她胸脅腰際和頸後來回磨蹭，電流般的酥麻在她體內奔竄，四肢無力地任男人將她移過來又挪過去。偶有喜愛扼住她咽喉的男人，她不反抗也不畏懼，如果虐待是亟欲隱藏的共業，此刻她甘願畫押，歡喜去救贖你情我願的原罪，在輕微的痛楚之間享受歡愉也感知疼痛，體會摧毀亦領略馴服。澎湃的高潮在她體內潮汐般湧動不歇，拍打她的子宮壁後復而消退，頃刻又凝聚更跌宕起伏的浪潮朝她撲來，此時她幾乎快滅頂了，像條擱淺離水的魚，在沙岸上扭動不止地掙扎喘息，而後更洶湧的巨浪會將她滾回海裡，在瀕臨窒息的邊緣重返淋漓。更偶爾的時刻，在男人的勤奮探勘下，她會噴射出石油般珍貴的液體，而男人會緊抓住某個難以掌握的臨界瞬間，此時兩人全身肌肉僵硬緊繃，汗流浹背飄飄欲仙，男人喉嚨發出哀號或吼叫，霎時在她的肚腹臉龐上，或口腔裡洩出稠濁的體液，完事後疲軟的兩人會像酩酊大醉的酒客，踉蹌地緊抱住對方不放。

在她目光的牽引下，油漆工漸漸露出男人好色的天性，手頻頻往她的身上游移。但她也不清楚為什麼自己缺少更進一步發展的念頭，她顧左右而言他，將話題帶往油漆工對未來事業的展望，四兩撥千斤地打亂在兩人之間流竄的曖昧。如果說女人心海底針，別說男人撈不到，或許女人也猜不透自己那顆虛無飄渺的心。也許在男客為主的世界裡討生活，她打從心底認為男人是靠不住的，抑制不住奔放蓬勃的慾念，遇到困頓時常藉酒澆愁，看慣男人酒後的軟弱和無助，她甚至認為女人比男人更堅韌，也擁有相較男人更為柔軟的姿態去迎合世俗的規則，而不像男人慣用直接蠻橫的態度去面對。當然這些體悟她默默擺放在心中，她百般柔順任由男人嬉笑怒罵，出了這個門後他們仍然在外果決地硬碰硬，等受了委屈或需要溫暖時，自然會歸巢般回到她的身旁尋找慰藉，這便是她工作時存在的價值與意義。油漆工顯然無法從她身上討到任何好處，與她閒聊了一會兒後便結帳離去了。那是個再平常不過的秋日午後，聊賴生命裡最尋常的一天，過幾天就是發薪日，每個月一次像月經，但無法排卵的她已經停經了。她斜望的視線順著油漆工遠去的背影而飄向更遠的地方，竟泛起一股莫名的傷感，恍神間似乎看見丈夫的身影，怔忡地漏了一段呼吸，她不明白箇中的原因就如同她亦不了解方才拒絕油漆工的顧慮，氾濫滿溢的悵然淹沒著她，像還浸泡在經期裡。她打算開口喚他，沙啞的挽留卻卡在嘴邊，男人總像海市蜃樓，相處一段時間後輪廓終會淡去，最後消失在視線裡，獨留她困在原地被下陷的流沙吞噬。

她眼窩一陣莫名的乾澀，閉上眼皮舒緩雙眼和過剩的情緒，作息顛倒引起的偏頭痛從後腦杓襲來。她沒張開眼，腦海裡閃現出丈夫負氣離家那天的場景，爭執的原因她不記得了，吵架原因多是一些雞毛蒜皮的小事，但男人離開的背影都差不多，殘忍卑劣而順理成章，她在家中焦等了兩週後返回夫家尋人，公婆一副兒子沒回來過的詫異表情。女人的心思再縝密嚴謹，百密總有一疏，她沒料到丈夫這麼一去就沒有回來了，杳無音訊了好幾年，期間她也曾花費找徵信社協尋，這間開價兩萬那間收費五萬，砸錢也不保證找得到人，丈夫連過年都沒回老家過，從此江湖兩忘人間蒸發。她在恢復安靜的無人包廂裡睜開眼，心頭被往事緊縛著，揪得她有些喘不過氣，眉間重拾回淡漠的神情，濕潤的眼角蓄著一些淚水，雖然她已經找不到哭泣的原因了，但眼淚依舊像經血般，不自主地流出來。

後來呢？她將自己投入沒日沒夜的工作裡，藉以稀釋丈夫不告而別的傷痛，輾轉在幾間卡拉OK店輪班，專心當個長輩口中奚落的落翅仔，仰賴老天爺賞賜的姿色過活，今天飛到紅玫瑰當個帶刺的女人，隔天趕到出外人停歇，後天再晃到羅曼蒂克聽男人的甜言蜜語。一週六日周而復始，當個男人迷失時指引的燈塔，讓男人在她港灣般的懷中觸礁或停泊，一個願打一個願挨，最好誰也不要辜負誰，但沒有人不曾虧欠過別人什麼，大家都各有要擔負的罪與業，誰也拯救不了誰。她淚眼婆娑，仰起下顎抑制泫然欲墜的淚水，向背對她的老闆娘假托要去買胃藥。她推開厚重的毛玻璃門，歡迎她的是室外悶熱的空氣，她茫然地朝四周張望，街上空空蕩蕩不見油漆工的人影，一隻野貓從店門口的空心磚跳下，背對她倉皇逃離。傾斜的陽光落在褪色的柏油路上，她呆立在秋日午後的騎樓上，瞬起對過去與未來的惶惑，支撐她苟活至今的信念彷彿消解了，正急切靜謐地崩塌。總說人到五十而知天命，但她還是參不透自身的命運，她望著身旁機車的後照鏡，懊惱的面容在鏡裡縮小，確認眼妝並未被淚水暈開後，她當機立斷決定回家。

長年日落而作日出而息，她和兒子也不常碰面。今天難得有空檔，她下廚煮了睽違許久的晚餐，爆炒四季豆和糖醋雞丁加上鳳梨蝦球與紫菜蛋花湯，清洗鍋具時她從廚房老遠叫兒子，但沒有回應。她將菜餚和碗盤端到桌上，帛書啊吃飯了，傳來的仍是空蕩的沉默。她心想兒子也許戴上耳機聽著音樂，遂走到兒子房門，叩叩叩敲了三下，見無人回應後她扭開房門。兒子不在裡頭，或是說兒子已經很久沒在房內了。兒子幼時的玩具羅列在嬰兒床裡，兒童讀物井然地放在床頭櫃上，她想不起來上次和兒子碰面是什麼時候了，兒子的面貌在她腦海裡漸次模糊。早知道那天就別帶兒子去探班了，但如果有早知道這世界上不會有這麼多的憾恨，出門前兒子還央求她要再去兒童樂園玩，天真的口吻裡盡是撒嬌，她敷衍地說好好好，但鮮少在假日休假的她卻始終抽不開身，丈夫是在兒子失蹤前就離開她的吧？她腦中的時序混亂，丈夫懷疑兒子不是他的骨肉，她沒有反駁丈夫的質疑也缺少否定的勇氣，還是在兒子失蹤後，受不了她歇斯底里的情緒而心生怨懟？那天她如常和朋友們在包廂裡飲酒作樂，她沒有發現兒子在什麼時候走出店外，當然也無從發現兒子被一中年婦女拿糖果拐走。沒有人給她一個交代或解釋，進警局備案後的那陣子她自印傳單在街頭巷尾發放，在煎熬的夜半裡哭得痛徹心扉淚都流光了，丈夫左右為難，責備她不是安慰她也不是，束手無策之際她四處求神問卜，費解的籤文卻讓她心生更多困惑。一回尋了個靈驗的算命師，正襟危坐的算命師盤算她的八字命盤後，斬釘截鐵地丟下一句妳這輩子沒男人，她參差的人生便被收束在天啟的果報裡，此生不須費神關照歡愛的疲懶與糜爛，這句話菅芒花的葉子般搔刮她的內心，留下顯著刺痛的細長傷口。

她以為她已經把過去淡忘了，但過去卻緊跟著她。原來她這輩子沒男人，竟然是個皆大歡喜的充分理由，難怪父子接連從她的生命中銷聲匿跡，這個劫數如果跨得過去，她的餘生就不再有克服不了的難關。她夾了蝦球到兒子的碗裡，像陪客人般與兒子閒話家常，最近有交新女友嗎？有的話帶回家吃個飯。頭髮別留這麼長披頭散髮不好看。兒子沒回話，和他爸一樣皆是寡言的個性，兒子低著頭專注用餐，一副若有所思的愁苦模樣，但平日不常碰面，一時她也不知道該聊些什麼。兩人頭頂上的扇葉徐緩地轉動著，兜繞出一個昏昏欲睡的黃昏。每當經過火車站的布告欄，盯著失蹤兒童的協尋海報，兒子無邪泛黃的笑臉迎向她，她嘟噥著對兒子道歉，她多想當面對兒子親口說聲對不起，盼望兒子能原諒她的無心之過，但也許兒子被生活比他們更優渥的人家收養，那未嘗也不是一件壞事。而更多時候，協尋海報會消失在布達宣傳的眾多海報裡。在她細數這些過往時，她沒留意桌子另一頭的兒子以一種緩慢的速度，一點一滴地淡去，朦朧的輪廓逐漸轉為透明，無人目擊無人知曉，最後殘留的身影也消融在暗黃的光線裡，僅剩下她和周圍琳瑯滿目的物品。

遭逢連續的變故後，不知從何時開始，她便視經手過的各種生活用品為珍寶，無論好壞新舊皆捨不得丟棄。損壞的映像管電視鋪上新婚添購的被褥，上頭擺著兒子學步的娃娃車，餐桌旁的紙箱層疊如山，裡面裝著她也不清楚內容物的物品，裝滿雜物的紅白塑膠袋滿山滿谷。客餐廳裡還有破氣的輪胎鏽蝕的瓢盆扭曲的衣架斷把的掃把折骨的雨傘過期的報紙破洞的衣物蟲蛀的書籍獨眼的玩偶歪腳的餐椅碎裂的陶瓷發霉的食物故障的電器折翼的飛機積塵的神像缺蓋的瓶罐破損的相框。她無法分類取捨，室內動線受阻，填滿空缺與荒蕪的尚有她的皮屑與髮絲，指甲和鼻屎，這些身外之物不會離她遠去，除非她拋棄它們，屋內堆疊如山腰上的墳塚，埋藏著她的過去。

後來就沒有後來了。缺少男人的陪伴依靠，她也就一個人磕磕絆絆，被迫於身處在悲喜交集的歡場輪迴裡，和芸芸眾生同舟，與塵世萬物共濟，並在偶一為之的懺悔中消滅命定的果報與罪孽，向自己和解，跟命運冰釋前嫌，在禍福裡頓悟也在苦樂中豁達，洞悉生命的本質真相即是毀壞與剝削。無須控訴無人傾吐，活著不過求一間房遮雨，一張床棲身，而遺憾不時如幼時田埂間的蟋蟀般，在心房的曠野裡嘶鳴。屋外夜幕低垂，她又遺忘了一些陳年發酵的往事，也忘記那包被她遺留在置物櫃裡的陽春麵，麵條已在窒悶的塑膠袋內發餿腐敗。她起身關掉頭上的燈，釋然地點了根菸抽，吞吐煙霧時微弱的火光在暗黑裡閃爍明滅，人生抖落如菸灰，在斷續彈指的須臾間即將燃燒殆盡。而後她顫抖的雙手摀住臉，眼淚不斷從指縫流下，疲憊的妝容在啜泣時暈糊了，身軀抽動的她不可遏抑地，在空無一人的屋內淚流不止，豆大的淚珠彷彿丈夫憤而離家的那天，扯斷她脖上的珍珠項鍊般，源源不絕地滾落。

政彥

蠢蠢欲動的低沉雷聲躲在遠山處鼓譟，被遮住的日光於灰暗厚重的雲層邊緣鑲上一道金邊，放射狀光芒呈現一股風雨欲來的警示意味，肆無忌憚地朝四周發散，蜜蜂在飽滿的濕氣裡飛得低矮，展翅竄飛的孤鷹在林木上無邊的天際徘徊，翱翔數圈後倏然遠颺。空氣中有燠熱在流動，熱流裡有雨勢在醞釀，摩拳擦掌的雨水正在蓄勢已然待發，霎時一聲毫無轉圜餘地的雷擊響徹雲霄，竄開的閃電彷彿在天空中瞬成似地圖上溪河的流域形狀，暗示著即將替大地挹注活水。山雨欲來風滿盈，強度漸增的風吹不散靠攏的雲層，彼此磨蹭的雲朵亦無聲地喊熱，片刻間蘊藏在它們體內汗水般的雨點，便浩浩蕩蕩地滴落，滴在一望無盡的田壟，落在河面上與水溝上。滴答滴答叮咚叮咚，淅瀝淅瀝嘩啦嘩啦，幾聲接連而至的巨響發出震耳欲聾的開場氣勢後，鋪天蓋地的滂沱大雨便傾洩而下，由遠至近由緩至急由灑至潑，驟雨斜打在地面坑洞的積水上，在鐵皮屋上和車頂上彈躍，豆大的雨滴從葉面上滑落，再順著莖脈匯聚至底部的泥土，滲入地表下潤澤大地與植物連綿不絕的根鬚。

跑，他心中只有這個念頭。窮人家的小孩只能跑得比別人快。

返家途中經過隔壁的雜貨店，政彥朝一覽無遺的窄長店內望去，今天不是她顧店，亦不見她在後方隱蔽的儲藏區拆箱補貨。面容嚴肅的老闆娘正坐在櫃檯前，抬起頭望著前方冰箱上的電視，這台電視在打烊以外的時間從沒關過，螢幕上的鄉土劇角色恆常咆哮怒罵，地磚上散落幾片被強風吹進來的落葉，踩踏著不規律的舞步兀自打轉。老闆娘兩條深刻的法令紋呈八字型左右向下劃開，一對輕佻的木瓜奶總大方地掛在不著內衣的絲質襯衫內，腰間垂掛著一大圈經年不去的贅肉，長期久坐導致下盤寬幅臃腫，臉上毫無村內務農人家疲憊與愁苦的表情。村民喚她秀美的頭家娘有一堆苛刻的規定，不准村民購物賒帳亦不提供熟面孔塑膠袋，能換一元的寶特瓶也規定每次至少兌換五支，個性鹹妒妒又龜毛，她的精明幹練是建立在村民羞澀的荷包上，眾人礙於這間家福量販店是村內唯一的雜貨店也只能吞忍。平日村民在這邊東家長西家短，眾人的身影如海邊的霧氣般在門前飄進飄出，招攬互助會資金周轉，相贈自家栽種過剩的蔬果，數落晚輩或鄰居的不是。地面被反覆來往的鞋子磨去了一層皮，工人撲上一層灰沙的藍白拖、幼兒踩踏得逼波作響的鮮豔童鞋、農夫黏附著濕黏泥土的鵝黃雨鞋、菸酒業務鞋油抹得黑亮的皮鞋、婆嬸們在臨時夜市裡殺價購入的百元涼鞋輪番將磨石子地板蹭得花白，如老闆娘日益疏落的白髮。

返家前他全身早已濕透，他穿越店面走廊散落滿地的纜線和扳手，黏膩的髒汗滲入水泥的毛細孔，長年不去，廁所瑟縮在店面長廊後端的角落，入廁後他伸手輕拉天花板垂下的黑線開關，幾秒後燈管才不情願地亮起虛弱的黃光。他脫下淋得濕透的衣衫和內褲，釣上衣架後晾在窗戶旁待風吹乾，窗下磁磚上的裸女一絲不掛地敞開胸脯，嘴邊像鳥啣著獵物般含住一朵豔麗的花，他抿嘴潤濕乾涸的嘴唇，並嚥下漫湧上來的口水，下體有股若有似無的癢痲在撩撥撫弄著他。他光溜溜地返回二樓房間，鎖上門裸躺在床上，掀開身後的草蓆，翻閱從隔壁雜貨店偷渡來的色情雜誌，身軀斜倚在背後的床頭櫃，窸窸窣窣地翻閱得自己也窸窸窣窣，右手緊握逐漸高聳竄流的邪念，腦袋念頭一閃而過她純真爛漫的笑臉，曬得黝黑均勻的健康膚色，右臉頰像沾上了西瓜子般黏了一顆顯著的黑痣，總是似笑非笑地對人張望著一對骨碌兜轉的清亮大眼，想著想著覺得不該在此時浮出她的臉，褻瀆了她在自己內心的形象，便又將她拋在腦海後頭。陣雨潮濕，浸潤得他胯下也冒出一根大香菇。

「出來幫我去倉庫拿內胎！」他的父親在一樓老遠大聲吆喝，音量拾階而上從門後模糊地穿透而來，硬生生截斷他正蓬勃奔竄的慾念，他起身從床邊抓起皺癟的短褲，穿上後待褲襠隆起的慾望稍退後，才一拐一拐地步出房門，步出後門前拾起一把裝在瓷碗內的圖釘，再繞去離家不遠處的倉庫。他和她的家並排坐落在雙線道的濱海公路旁，砂石車長年在屋前趕路，毫不遲疑地狂奔而去，他在車陣激起的風飛沙和呼嘯間前行，路旁盡是荒蕪的草叢，散生的菅芒花交雜著狗尾草，底部大多是馬齒莧和馬唐貼地匍匐，無謂的野花雜草在大人眼中，就像行人之於砂石車司機般不值一哂，這些路邊風景的點綴，對他而言是不可或缺的熟悉之物。今天依舊有風，暖濕帶鹹的海風揭開簾幕般，將這幕海村街景掀在他的眼前，大雨乍歇，舒暢的空氣裡瀰漫著清涼的味道，拐彎的柏油路在視線遠方消失在起伏的山腳下，幾隻海鷗停歇在突出的海岬上，海浪聲在車流暫緩的寧靜裡隱約傳來，野貓癱臥在紅磚牆舔舐著四肢上的毛鬚，爽朗的日光從樹枝的縫隙影影綽綽地篩落，樹葉在微風的撥弄下脫落翻飛，落地時發出細碎的聲響，痲雀三級跳選手般穿越斑馬線，偶有久無人居的荒廢舊屋，門窗被木板封死防止外人侵入，家犬對著路過的陌生人吠叫，滿臉驚恐的路人連忙倉促離去，一隻飛蟲竄進他張口打哈欠的嘴裡。他信步慢行，將從海水浴場撤離避雨的遊客拋在腦後，他喜歡步行這段路途，天地寬闊得像是毫無任何災害與苦難，但心中有個折磨他的煩惱，相較父親擔憂生計或籌會錢簡直微不足道，他往離倉庫更遠處走去，在某個定點伸懶腰舒緩筋骨，再一如往常順勢將手中的圖釘扔擲於馬路上。

回程時他看到一百九迎面而來，一百九話不多，個性是很容易被忽略的存在，憨直篤實的笑容常掛臉上，外號顧名思義是身高一米九，走路時像竹竿的四肢危顫顫地晃蕩著，和纖細身軀不太符比例的頭顱總往前傾，彷彿一個重心不穩便會失去平衡跌撲於地，他身著長褲卻像穿著八分褲。一百九的家和他們在同一排，在不遠處靠近車站的地方，他家中是在賣棺材的，父親的職業無形中會決定一個人在同儕間的地位，大家嘴邊不提但心中會有個排序，俗話說行行出狀元，這是委婉的緩頰說法，沒人會對醫生或律師等明顯社會階級較高的人說這一句話，當然村內也沒有這種職業的居民，最近的小診所位置落在十分鐘車程外的澳底，村民每有紛爭一律靠唇舌和音量替自身辯護。以昕在班上的排名名列前茅，因為她母親開雜貨店，掌握村內生活用品補給的來源，但會輸給家裡賣便當的同學，雖然他們國小時一班也不過十來個同學，他和一百九的地位在伯仲之間，倘若近期村內老人拚命往生，一百九的地位就會凌駕於他，「你要去哪？」「去找文俊。」往文俊家的途中會經過土地公廟，一百九有個壞習慣，會從香油錢箱的鐵欄杆縫隙，伸出他細長的手取出鈔票，然後炫耀似地在旁人的眼前虛晃，之後把錢扔回去，按照他的說法這樣是拾金不昧，而且他也有奉獻香油錢，最後再虔誠地雙手合十對土地公敬拜，臨走前還從廟旁的竹林抽出一根尚未舒展開的尖細嫩葉，張口剔牙。

文俊的家在村子的邊陲處，門前有小河後面有山坡，是棟自從他父親幼時便居住至今的老屋，周圍屋舍皆已翻新成二樓透天，只有文俊家仍是頭頂黑磚瓦腳踩水泥地。一百九呼喊有人在嗎見無人回應，手一伸便自行拉開木門後的門閂，熟門熟路地相偕他往屋內走。左轉是個短廊，尾端有台文俊的祖母樹嬸的縫紉機，機台旁的木梯斜倚在牆上，一百九將長梯朝閣樓的邊緣一靠，便猴子上樹般爬上樹頂的閣樓，上端是個低矮的空間，面積約五六坪，樹嬸將厚重棉被和換季衣服等生活雜物都往閣樓丟，文俊也把自己往閣樓擺，時常躺臥在木板上的一方天地孵化著千秋大夢。他瞳孔收縮，不見日光從天窗灑落，微弱的光線從木梯旁的窗戶過渡而來，文俊躺在昏黃的燈泡下，百無聊賴地對空蹺著二郎腿，一副天塌下來也沒我的事的悠哉模樣，但這棟老屋萬一坍塌了，第一個遭殃的會是總賴在閣樓的他。文俊左右一個手臂外的距離立著兩個水桶，承接從天花板斷續滲透的水滴，牆壁被防水用的發泡劑填補得像鐘乳石柱，角落遺漏的地方仍是一片潮濕，一百九隨著屋簷的高低落差不時需彎腰行走，生鏽的樓板被踩踏得嘰嘎作響，狹仄的閣樓裡有張桌面斑駁的木桌，正中央依偎著缺腳的鐵椅，浮游在光線裡的塵埃和霉味包裹著他們，窗外急切的蟬鳴鎮日鳴叫，和不時的鳥禽啁啾互為高低引吭，滿室的悶熱逼得三人額頭沁出斗大的汗珠，倘若有涼風吹拂，悠長的夏日午後適合午睡，也許更適合無所事事。

「今天怎麼沒去海水浴場打工？」一百九拉開木桌的抽屜東瞧西看。

「下雨。」文俊翻身背對他們。

「明天要做什麼？」

沉默。

「要不要去夜市？」一百九就著天光，打量手中的物品。

「嗯。」文俊話比一百九還少。

他和文俊、一百九、以昕從國小到國中都同班，福隆沒有國中，需坐火車到隔一站的貢寮念國中，畢業後以昕和文俊成績優秀，兩人通勤至更遠的宜蘭就學於蘭陽女中和宜蘭高中。他和一百九對念書這件事始終無法開竅，像兩根受潮的朽木點不著學習的熱情，有些事勤能補拙是行不通的，兩人一大早坐普通號，鐵路一路蜿蜒從貢寮雙溪牡丹三貂嶺猴硐坐到瑞芳念高工。他和一百九畢業後八成是留在厝裡接管家中事業，從沒想過要繼續念大學，反正用膝蓋想也知道考不上。清晨四個人會在車站碰面，天空濛濛亮，兩組人馬在不同月台等車，他身高一百八，和一百九站在北上的月台，對面瘦矮的文俊和以昕坐在鐵道枕木製成的長凳上，隔著楚河漢界般的鐵軌，好像七爺和八爺，他們倆會朝文俊吹口哨打鬧，但文俊通常不太搭理，專心翻閱手邊的教科書，或是滿臉賴床的睏倦表情，而以昕泰半也在一旁嗚嘴偷笑，他偶爾會踮高腳尖，想和一百九等高，有時他會對一百九說，整個村子就只有你比我還高了，一百九還是只用傻笑回覆他，隱藏著我也不想長這麼高的笑容。

返家後他躺在床上打盹，黏膩的濕熱和棉被一併包裹著他，拋開棉被後蚊子卻頻頻騷擾，翻來覆去時他盤算著該歸還從隔壁借來的雜誌了，便起身掀開上衣，把雜誌塞進褲頭，雙手環抱掩飾並預防雜誌位移，整裝時臉頰一陣癢，嘀咕之際以為又是惱人的蚊子侵襲，手往發癢處抓去結果只是滑落的汗珠。他躡手躡腳地下樓，貓步往隔壁雜貨店逼近，打算鑽進小巷從後門出入，將色情雜誌塞回藏匿在店面末端偏僻處的雜誌架，經過門口時發現櫃檯空無一人，老闆娘此時應在樓上準備晚餐，他從門口堆疊貨物的縫隙間，瞄見以昕在層架間的走道和客人交談，現在她獨自顧店，他覷到她身邊有個男人，仔細一看察覺是父親的身影，隔著玻璃窗兩人正無聲地竊竊私語。倘若往後回想起今日，他多希望是自己錯看，或是從未無意間撞見這一幕，這不過是一場午後假寐的白日夢，但眼前罪證確鑿，而他是唯一的目擊證人。他緊握著拳頭，指甲陷入掌心的疼痛提醒他這是夢境以外的現實，他瞥見父親的手伸進以昕上衣的領口裡，兩人側身朝向他，所以他無法辨識他們臉上的表情，但他望著父親矮壯的背影，腦中依稀浮現出父親猥瑣的神情，上揚的嘴角似乎帶著促狹的微笑。

一陣沛然莫禦的憤怒油然而生，他腦袋如過熱的引擎高速運轉，內心有股衝動想闖入雜貨店內向父親理論，但他與父親日常中的爭執已經夠多了，他也不曉得進去後要用什麼樣的話語去指責父親，便按壓住心中的怒火，僅是從自動門前無意路過，讓開啟的玻璃門提醒父親盡快中止這場騷擾。經過時他感到忐忑不安，仍竭力佯裝鎮定，他不敢抬起頭，目光朝地快速離去，沿著雜貨店旁的小巷筆直往後方走去，像條淋雨後洩氣的狗。屋後空地的野草成群成簇，一畦畦的菜圃上種植著地瓜葉和高麗菜，蛇豆和絲瓜在棚架下悠閒乘涼，遠處潺潺的溪流聲在雨水的灌溉下顯得急切，屋簷下是層疊的紙箱和裝袋的寶特瓶罐，雜物上方懸掛兩排充當曬衣架的竹竿，上面晾著衣物和褲襪。向晚的微風被熱氣加溫後吹送而來，他拉近一件女性內褲端詳，並撫觸粉紅色內褲上的蝴蝶結，猶豫之際右手便不自覺地扯下內褲，他迅速抽出衣內的雜誌，捲成筒柱狀，捲心餅般將內褲塞進去，再三步併兩步返回家中。上樓時心跳也緊隨著腳步聲砰砰作響，關上房門後他匆忙脫下褲子，抽出偷來的內褲，卸下胸臆中緊掐住他的屏氣，凝神回想以昕時亦浮現出方才父親的舉止，下體在愧疚惱怒心情的推波助瀾下，如他房內膨龜的磁磚般隆起。他嗅聞著手邊的贓物，瞥見織物纖維參雜一根捲曲的毛髮，他如獲至寶地拉出舔拭，恥毛像煮散開的髮菜，決定不吞下它後將髮絲壓在書桌的透明桌墊下，他血氣正方剛，隔著內褲搓揉包裹在內裡的陰莖，摩擦會生熱，手勁在上下反覆套弄後持續升溫，腦漿逐漸沸騰，顫抖的雙腳伸直，小腿肚的肌肉緊繃得幾近抽筋，外頭風和日麗屋內風聲鶴唳，他喘息不止地意淫，床板也在呻吟，而後在間斷的低吼下完成先前未達陣的自瀆，黏稠地噴射出一肚子起伏的濁白，疲軟的右手臂功成身退，他長吁一口氣，像開水煮沸後水壺的鳴笛聲。

每月最後一個週日下午四點左右，會有駛著小貨車的各式攤販聚集而來，車主引擎熄火後於車站前的小路路肩停妥車輛，在車前方的空地搭建攤位，逐一架好鐵架並鋪上尼龍布，搬出自備的電動馬達發電機，拉長電線待天黑後便旋亮白熾燈泡，掛起倒店貨或便宜下殺的粗體簽字筆自製手寫招牌，便就地做起市井小民的生意。撈朱文錦和金魚的攤販亦能釣泰國蝦，魚群似乎習慣了被打撈離水復落水的交替，好整以暇地在水中游晃，反觀泰國蝦彷彿預料到即將面臨被串燒的命運，活蹦亂跳地掙扎且不時拉扯攻擊彼此；彈珠檯旁邊的是套圈圈和射氣球，四散的沉默人偶依高矮順序立正站好，五顏六色的飽滿氣球嵌在保麗龍板的洞裡。攤商扯開嗓門使勁招攬路過的客人，喧囂的叫賣聲覆蓋過嘈雜的交談，飄散的食物香味混雜著酸腐的汗臭味。他們四人閒裡偷閒，掏出暗藏汽水罐上的彈珠，緊掐口袋裡有限的預算，懶洋洋的人群三三兩兩，白花花的鈔票零零散散，突來的一陣強風將一個阿婆手中沒握緊的百元鈔票吹走，她踏著謹慎的步伐焦急地追著錢跑。鄉下地方大家手頭都不寬裕，不捉襟就見肘，錢無法滾錢，沒有長腳的硬幣滾落於地跑得比雞還快。一口茶前一支菸，打哈欠後打個盹，時間便在人群的輪替往返中悄然度過。

而大部分的時刻，鄉下地方的時間，是在沒有人留意的情況下溜過，伴隨著蟲鳴與鳥語，花香和風吹。沿海地帶的風終日毫無遮蔽，拂過時熨斗般撫平每人內心的褶皺，服貼舒坦之際也有囁嚅說不清的心事，如熨不平的毛球，在穿脫時若有似無地搔弄。他們四人在這個夏天結束後分道揚鑣，文俊和以昕負笈外縣市念書，他和一百九會待在家中幫忙或幫不上忙，他知道以昕望著文俊時的殷切眼神，就像他望著她那樣，這些他默默看在眼裡，他都知道，他也明白文俊一心只想賺錢貼補家用，像根閣樓的梁柱撐起一個家。文俊好吃懶作的父親三不五時會返家討錢，而他的母親討客兄，他沒媽媽，文俊缺少爸爸，乾脆兩家送作堆，像課本上說的鰥寡孤獨老有所終。父親的倉庫對面是他們就讀的小學，畢業後也常回母校溜達，村內的大小活動亦皆舉辦在校內的大禮堂，他們不時也相約打籃球，或在健康步道比賽跑步，邊踩嵌在水泥上的石頭邊喊痛，而他們已遠離盪鞦韆和踢罐子的歲數了，依舊會拿空心菜充當吸管喝水，用蛤蠣殼舀湯喝。即便腳踮著再高也看不清楚未來，但年紀漸增，身上隱約背負著生存壓力，像潮汐被無形的引力牽引，光陰滑流如流水，往後將漂流至何處仍是未知，他想去都市闖蕩另謀出路，像他喜愛的一首歌的歌詞所言，聽人講啥物好康仔攏在都市，他不想困在原處被暗流溺在漩渦裡。

在海邊戲水時，腦袋沒空暇思索前途或往事的。每當無事可做的時候，一夥人便呼朋引伴往海邊跑，不像遊客買票進海水浴場，並非當地居民免費入場，他們自有門路，海濱小路盡是枝葉茂盛的草海桐或林投，他覺得林投果像釋迦摩尼的髮型，有些都市人會誤認是鳳梨。總有一條無人看顧驗票的捷徑會直通海灘，視線所及是晴空萬里和俐落的陽光，白淨綿軟的雲朵在半空中悠晃，平日鮮有遊客，僅有少數熟門熟路的衝浪客，他們脫下上衣平鋪於沙灘，大字型躺在衣物上像烤麵包，將皮膚烘烤成燒焦的顏色，曬得口乾舌燥時再下水沖涼，朝海奔跑時舌頭公轉嘴巴一圈，滋潤龜裂的嘴唇。觸水的瞬間眾人吼叫，他四肢立刻起了雞皮疙瘩，寒意從腳底直竄腦門，待適應水溫後再緩慢將身體沉進海裡，沁涼的海水滲入全身孔竅，給予他們冰冷的擁抱和撫摸，海面翻滾湧動不歇，日光折射出流動晃蕩的浮光，腳趾能感受到沙粒的摩擦，水壓在肚腹上按摩似地推壓，他們開始潑水叫囂，海水滑過髮際和臉頰後在嘴邊凝聚成一抹腥鹹。他和一百九將瘦小的文俊抬起，重重拋向海平面後文俊臉部著海，他背對身子閃躲噴濺的水花，眼光順便朝坐在沙灘上的以昕瞥去，她仍是一如往常地微笑，像朵初綻的花蕊露出靦腆的笑靨，面容裡有驚訝但不意外的神情，待三人玩耍得精疲力竭，便如漁船般靠岸休息，一百九拿出從家中喪禮飲料塔走私而來的啤酒，啵的一聲罐口瞬間湧出泡沫，還來不及將拉環徹底拉開，他措手不及地吞下苦澀如暗戀心情的泡沫。

文俊：「我爸有一次說要帶我去舊金山玩，後來帶我去金山。」

政彥：「我以後要騙老婆帶她去巴黎蜜月旅行，然後帶她去八里。」

一百九：「巴黎在哪裡？」

政彥：「我阿災？舊金山在哪裡？」

文俊：「我阿災？」

以昕：「巴黎在法國，舊金山在美國啦！」

四人相視而笑地打鬧，像瓶罐般彼此碰撞，反正他們住在福隆，福氣不多家裡生意也不太興隆，地靈人不傑，依山傍水的臨海小村落，夏日白晝的人潮灌氣球般充飽海灘，黃昏日落後街道上乾癟得像洩氣的氣球，而盛夏以外只剩下一片沒落與塌陷，寒冬時東北季風衝鋒陷陣，連窗戶也凍得發抖喊冷。村內拄拐杖和坐輪椅的老人比貓狗多，貓狗也比孩童多，而最不虞匱乏的是海。他喜歡海，海是他生活中最緊密貼近的陪伴，無論在任何喜怒哀樂的情況下相聚，皆讓他深感如釋重負或安然無害，而後心懷妥貼地離去。無人傾聽內心的煩惱時，他會走向媽祖廟旁的堤防，安靜地盯著海，一句話也不說，海浪逕自拍打岸邊像肉粽的消波塊，激起的浪花像啤酒泡沫，海釣者猶聞風不動地坐在上頭。海從未對他述說任何事，但他明瞭海會永恆常相他左右，燈塔般引領他航向安全的領域，他偶爾對這種不對等的關係感到困惑，海懂得他的哀愁和歡樂，對他而言海卻是深奧神祕的；即便海總是敞開心胸接納他，包容他的鬱悶懦弱之際又給予他氣魄堅毅，海似乎也像人類般有情緒起伏，有時風平浪靜有時狂風暴雨；外觀上來說，不論是從遠處眺望或近觀欣賞，海不曾老化傾頹，一概以大同小異的樣貌示人，但他依舊對海不甚了解，他們對彼此用沉默交心，他猜不透海的想法和脾氣，如同他也不懂以昕，無法捉摸她的心思。

秀美最近心情亂糟糟，更年期的熱潮紅常讓她感到無端的燥熱，身體容易疲勞且腰這裡痠背那邊痛，這幾年白頭髮冒得快，染髮的頻率快趕不上頭髮變白的速度。住家二樓廚房兼倉庫，樓上放的是較輕的香菸或金紙，但長年上下樓梯搬貨導致筋膜發炎，一天來回走動骨頭都要散掉了。女兒今年考上私立大學，她沒念過大學，聽說一學期註冊費住宿費加上書籍費六七萬跑不掉，她的觀念還停留在古早時代，查某囝仔免讀太多冊，趕緊找個好歸宿嫁掉最要緊，女人一輩子首要任務就是相夫教子，結婚後以夫家為重。有時耳聞鄰居在她背後說三道四，嫌她小氣不慷慨，誰細漢時嘸艱苦過，一大票嗷嗷待哺的兄弟姊妹，父母養小孩就像在餵雞鴨，拉颯飼拉颯大，節儉這個美德早就基因般滲透進她的血液裡。她推著膠帶補強的老花眼鏡，手邊用撕下的日曆紙摺紙盒，用來丟魚刺或骨頭，她當國小家長會會長時，各種里民活動或元宵聯歡晚會也貢獻不少飲料零食，村里廟宇改建的樂捐從沒少過，結帳時偶爾也會不吝刪去零頭。面子跟日曆顛倒，越撕越厚，久了她對那些流言也不痛不癢了，她發現最近店裡的色情雜誌有短少，昨天不知道哪個不素鬼還偷了她的內褲？

「馬麻，那邊的房屋怎麼這麼小？」村裡一對母女走進雜貨店。

「那個不是給人住的房子啦！」母親的臉鐵青得像被倒會。

「那是給誰住的？」

「給虎姑婆住的！」

聽到虎姑婆，小女孩便噤聲不語了。秀美破涕為笑，但流下的並非眼淚而是打哈欠後的目油，秀美遞了顆糖果給小女孩，她在母親眼神的示意下怯弱道謝，而後小女孩雀躍地踏著彈跳步伐離去，臨走前還不忘回頭向她揮手再見。每當對反覆重播的連續劇感到厭煩時，秀美偶爾會胡思亂想，打量冷藏玻璃門反射自己的倒影，雖然這樣黑白想觸霉頭，她不時仍會對死亡感到好奇，腦裡會飄過一些揣測的念頭，死亡不知道是什麼感覺？會有疼痛的感覺嗎？有時新聞會報導疼痛指數表，分娩是最痛苦的第十級，往生再痛應該也沒有生小孩痛吧？在這個庄腳所在，死亡也不是個眾人絕口不提的禁忌，村內老人輪流在死，有時又會從某個村民口中聽聞，那個久未露面的誰誰誰已經過世了。死亡似乎無所不在，在柏油路上被貨車輾過的蛇或青蛙，毀損的軀體露出早已曝曬乾結的內臟；或菜圃整理到中途休息時，她會觀察人面蜘蛛抽吐出線絲緊緊束縛住獵物，注入毒液將其麻痺，垂死昏迷的蟲蝶只能坐以待斃，人面蜘蛛再大快朵頤一番；她厭惡鎮日飛竄的蒼蠅，將兩片腥羶的生豬肝放在黏鼠板上，放置屋外靜候一段時間，便會黏滿成百上千密麻的蒼蠅，她也不急著丟，平時都是陰魂不散的蒼蠅擾人，她要巴望著蒼蠅拍打翅膀到氣力放盡。左思右想後，她頓悟了一些道理，也許死亡不過是來如白紙去時素衣，徒留遺產讓兒孫晚輩爭奪得不可開交；也許她由生至死都會在這個破敗村裡，隨著時間遞移和濃霧聚散日漸凋零；也許死亡就像小女孩猜測的，不過是搬到一間狹小的房子居住。

而後一聲急促的煞車聲將她拉回現實，起先她不以為意，雜貨店外的濱海公路鎮日傳來大卡車急煞的聲響，但這一次聲音和過往的長度不一樣，音量持續的時間相當長，旋即傳來一陣巨響。她趕緊步出門外，向遠方一瞧，先是看到女兒和政彥文俊朝她走來，四人面面相覷，但這回少了一百九，文俊和政彥二話不說，轉身拔腿往事發地點跑去，兩人從不遠處便察覺意外發生了。終日沿著海岸線橫衝直撞的卡車司機們，不會懂得減速慢行為何物，一台卡車衝撞進一百九家中，歪斜的車頭嚴重扭曲，碎裂的車窗玻璃和磁磚散落一地，波及到店面外的機車和坐在機車上的一百九，他看到一百九被緊夾在凹陷的車頭和變形的牆壁之間，他不想描述一百九的臉和受傷的狀況，那會讓他覺得沒有兄弟間的義氣。卡車司機困在駕駛座上動彈不得，意識清楚嘴巴嘟囔著哀號的微弱話語，受傷的頭部流下豔紅的血，一百九的父親坐在並排棺材後方的辦公桌，全程目睹眼前驚險的一幕，憤恨的臉上掛著驚魂未定的表情。面對突如其來的災禍大家無淚可流，五臟六腑彷彿像被丟進了絞肉機，一群人同仇敵愾地咒罵著腦中僅知的髒話，汩汩而出的鮮血漫及騎樓上的地磚，流過磚縫後匯流至滾燙的柏油路，豔陽曝曬下漸漸凝結成一大灘赭紅色的血塊，上頭盤桓著覬覦的蒼蠅，大概是殺了兩隻雞的血量，也許不止，但他管不了這麼多了。他腦中惶惶然不知所以，比洩了氣的輪胎還疲軟，一百九就像被橡皮擦抹去的國字，垂落的雙手橡皮擦屑般軟弱無力。他們的人生裡永遠少了一百九了。

在救護車高速從臨鎮馳騁而來以前，奔相走告的村民已聚集在車禍現場旁評論指點，有人疾呼群眾齊力挪開卡車，有人高喊別輕舉妄動，有人拍打一百九的臉龐深怕他失去意識。他沒向任何人說出口，包括文俊，他從雜亂的殘骸間瞥見一百九的腸子流到肚子外面了，他加速狂跳的心臟也像被卡車輾過去，沉甸甸的不知所措，混亂的意識在腦內蔓延開來，憶起過往和一百九相處的生活點滴，他們愚蠢地將蟑寶寶塗成紅色的隔天，發黑的蟑寶寶滲出綠色的血；他們從一百九父親的口袋內偷拿菸抽，被吸進肺部的煙燻得七暈八素後決定戒菸；他們猜拳，輸的人喝下文俊阿公私釀的嗆辣蛇酒；他們玩躲貓貓，偶爾他會直接繞去海邊，而後當鬼且遍尋不著的一百九也偕同文俊到海邊看海，一百九會要脅他活捉一隻敏捷竄行的海蟑螂作為懲處。他們都是單親家庭，一百九的母親受不了嗜賭的丈夫輸錢後毆打她出氣，某天煙霧般不知飄去何處；他們家中都是依靠小生意攀附在海濱邊緣求生存的販夫走卒，稍一不慎便慘遭滅頂了；他們現在三缺一，卡車的輪胎是被他擲出的圖釘刺破了嗎？還是高速行駛輪胎打滑？他肚中腸胃突來一陣翻攪，所以他現在是全村長得最高的人了嗎？

逆風的返家途中他強忍住悲傷，腦中打轉的過往浪潮似地朝他撲來，風吹乾了他蓄在眼眶的淚水。這是他有生以來首次面臨的死亡，活生生的人類，而非其他生命的亡滅。他口鼻間的喘息益發急促，輾壓過的心臟仍頑固地跳動著，他想到自己也許是這樁意外的幫凶，即便這是在父親的脅迫下不得不幹的勾當；他想到一百九會像被割喉放血的雞，在雙唇開合和呼吸斷續之際的某個瞬間，霎時斷氣；他想到一百九的父親，會悲慟騰出一個自家販售的商品，將一百九安放在鋪有絨布的棺材內，而後擇期挑選個良辰吉日，送走即將成年的兒子；他想到這個暑假結束後，文俊和以昕去外地就讀，剩他一人孤伶伶地獨守故鄉。午後的斜陽映在他身上，鬱悶恍惚的思緒籠罩心頭，他勉力提起沉重的步伐，蝸牛般緩慢前行，後頭卻沒有足跡犁出的銀絲線條，在日光下折射出晶亮。他頭頂上一朵厚重的烏雲擋去烈陽，四下景物頓時暗沉下來，一陣強風瞬起，地上的落葉席捲飛天後飄散落下，沙粒飛進他茫然的眼神裡，在反覆眨眼舒緩時刺痛著他。而他沒想到的是，他終其一生不過跟秀美一樣，在這個丁點大的偏村出世，家中用對待屋旁雜草的方式放任管教，他也像雜草般頑強茁壯後定著，哪裡也去不了，哪裡也不必去，他會與土地公繼續鎮守這個村落，而東北角終年間歇滴落的雨水，將綿密地陪伴著他，度過分秒日月。

他知曉一百九對以昕也有超過友誼的情愫，但一百九比他更膽怯，總是與世無爭的安然模樣，和他一樣始終無法跨越那條無形的界線，向以昕坦承那份傾心的愛意。他返回房間，抽出暗藏在草蓆床鋪下方的內褲，他打算將以昕的內褲轉交給一百九的父親，讓他在焚燒遺物時順便燒給一百九，他認為一百九會喜愛這個陪葬品，似乎還看到一百九露出滿口白牙對著他竊笑。他把內褲塞進口袋內，朝家後的小溪走去，他要將先前褻玩過的內褲洗滌乾淨。溪流被滿山遍野的綠意包圍，耳邊環繞著震天價響的蟬鳴，蜻蜓和豆娘在空中競逐，野薑花芬芳的淡香在清風的吹送下蔓延開來，開花前的月桃像成串結實纍纍的檳榔，筆筒樹未舒展開的嫩葉像蜷縮的幼貓，還有更多植物在河床盛開，見證河道的破壞與重建。他坐在一顆平坦的石頭上搓洗內褲，搓著洗著，如涓涓小溪的豐沛往事也隨著潔白泡沫滲出，他們四人偶爾會到溪邊烤肉游泳，在岸邊擇一大小適中的扁平石頭，緊貼水面奮力將石頭一甩，一百九卻如打水漂後激起的漣漪般，悄然盪開後失去蹤影。他的爺爺時常在溪邊抓蝦釣魚，他也在一旁乾望著浮沉的浮標發愣，等待魚隻上鉤，盼著等著，等到爺爺出殯當天，被火化燒成灰燼後，身為長孫的他捧著爺爺的骨灰，傾倒在雨後暴漲的湍流裡。

洗淨後他將濕淋淋的內褲扭乾，摺疊後握在掌心內，緊握時水珠沿著指縫滴落。回程時，老遠他便看到以昕在自家後門的倉庫整理貨物，鐵門敞開，一箱箱的飲料疊得比她還高，裝有紅標米酒的黃色塑膠籃堆到齊腰。他體內浮出一陣莫名的躁動，若隱若現地逼推著他，還在斟酌猶豫時，嘴裡下意識便呼喊了她的名字，以昕沒回話，他又大聲吼叫一次，這回她聽見了並抬起頭，他招手示意喚她過來，以昕放下手裡的紙箱和美工刀朝他走去。往後真要歸咎的話是他還太年輕，不懂得分寸的拿捏，拿在手邊的，是他要轉讓給一百九的餽贈，捏在心上的，是他忍俊不住的衝動。青春期一時不多加思考的行徑，日後夜深人靜時憶起，總會覺得隱隱作痛或悔不當初，回憶太短而遺忘太長，同樣多寡不成比例的還有仇恨和原諒，沒有釋懷難以挽回，只能去體會感慨，體會懊悔，體會無計可施。他向前一個箭步，雙手一環使勁一抱，便將以昕摟進懷裡。

無人密謀只是臨時起意，無人慫恿只是水到渠成，無關對錯和榮辱，無關是非和殊異，他僅是替自己履行破釜與沉舟，履行魂牽與夢縈，他明瞭他和以昕這個夏季結束後，咫尺天涯將變成天涯海角。他環抱著以昕，兩人前胸貼前胸，他失速的心跳緊貼著她加速的心搏，他腦內早已擬定的千言萬語，如今卻蕩然無存，空氣中有熱流在流淌，熱流裡有沉默在流動，兩人皆靜默不語，意在言外此時無聲勝有聲。一臉驚惶的以昕扭動身軀亟欲逃脫，他借力使力將她抱得更緊，他頸上的青筋浮突，雙手和她後背之間的間隙緊勒得密不通風，使力之際兩人站不住腳跟，像溪旁擱置農具的茅草屋在風雨間飄搖。他鬆開手勁，挪開間距後端詳著她的臉，她清澈而深邃的眼眸裡失去明亮，眼眶角落懸著受辱和受驚的淚水，上排的門牙緊咬著下唇，他湊上她的臉，雙唇奉上深情的一吻，她牙根一咬，咬住他侵門踏戶的舌頭。他戀戀不捨她退避三舍，他低吼一聲用力揮開她的臉，一番推擠後一個踉蹌，腳步不穩的兩人跌撲於地。他順勢翻身跨坐在她的腰際上，右手鷹爪捕捉獵物般緊抓住她雙手手腕，左手將掌內的內褲塞進她尚未來得及喊叫求救的嘴，而後他掀開她的上衣，裸露出的膚色是和臉頰四肢截然不同的白皙，她扭曲的五官猙獰得像張揉皺的紙，沾染塵土的上半身不停掙扎，身軀像被蜘蛛緊縛住的昆蟲般抖動，惶恐的眼神在驚魂未定的眸子裡閃動。她赤裸地面對逐漸膨脹的恐懼，膨脹的還有政彥麵龜般熱燙的下體，一隻蜜蜂不時地在他們的上頭繞飛，於是他揮動右手驅趕。饜足是一深不見底的黑洞，他沒想到自己的決絕與偏執，會龐大地反噬自己。她把握住這稍縱即逝的片刻，拾起地上的石子，朝他的眼窩砸去。

他感到靈魂深處被輕輕地，而眼睛被重重地，螫了一下。

視線游移散開，左右搖晃影像難以重疊，飄忽的陽光溶解在扭曲的熱空氣和視網膜裡。她只是失手誤砸了他的眼，他會用餘生去彌補自己的罪過，她驚弓之鳥般拔腿逃離。這場意外倉促開頭，狼狽結束。她和他還是保有人性的良善與光輝，他多希望她會因這場突發事件而變成對異性沒有嚮往的女人，如此這般，他會變成他最初與最終的男人。他突然好想看海，納悶海這回是否能包納他的哀衿和無知。鄉間無鮮事，大題要小作，悲歡周而復始地離合，起心動念間繼續流轉，事件總讓時間一一完成，還有更多事情等候時間來了結，或被視而不見，日曆撕掉一天又過去了。他睜開的獨眼瞥見老鷹披著驕陽在高空中俯瞰，天是無垠的蔚藍，地是寬闊的翠綠，他被慷慨的藍綠覆蓋著。現在只剩政彥躺在這裡了，日頭正餤，刺痛的烈陽灑下，他緩緩閉上另一隻眼，陷入一片黑，心中默念，往後每當無語或有雨的時候，他會嘗試開始祈禱。

秋霞

她們幾乎每月都在她和婆婆面前，存心在偌大的客廳裡扯著聲音適中的喉嚨，讓躺在房間的阿龍恰好也聽得到的音量，聲音若不夠響亮也會被牆壁反彈輾轉進房，不避諱更不會害臊，重複叨念著她不用想也能倒背如流的勸告：「爛衫爛褲不可丟，留來日後好遮羞！」這句是炎婆說的；「地要日日掃，田要日日到，書要時時讀！」這句是隔壁庄的雞嬸說的；「是非終日有，不聽自然黑。」這句是炎婆講的；「有爺有娘金銀寶，無爺無娘路邊草！」這一句還是炎婆講的，此時她心中緊了一下，懸起茶壺倒了一杯茶給始終默默無語的阿水嬸，心裡浮起一股植株細刺般的蔑視，然後瞟著炎婆道：「炎婆，講這麼多話會嘴乾否？」炎婆當然也久經世面沒見笑轉生氣，斜睨她回道：「不會啦，我還沒講完呢！」炎婆說我是好心為了你們設想啦唉呦這是無介噥噥婆項項無，我要改名雞婆啦吃飽太閒要不是念在大家厝邊做鄰居五十冬不然你家是死是活我能秤斤論兩拿去市場俗俗賣嗎？

大部分被批鬥時她會不發一語，她們操著不是她母語的客家話交談，從新屋嫁到楊梅二十年，她不完全聽得懂客家話，只學會幾句日常招呼的常用語，即便聽懂的部分她也會裝作聽不懂，讓這些不太被子女孫媳重視的婆嬸們多些生活重心，義憤填膺地數落別人的媳婦，以排解無所不在的百無聊賴，而她們也清楚她在裝傻。挑高的客廳上頭一盞掛扇兀自旋轉著，鄉下地方牲畜比人丁多好幾倍，不如多點聲音讓寬敞的透天厝更熱鬧些，某些太過安靜但不熱的時刻，她也會拉開掛扇讓它聊勝於無地發出些轉動的聲響。婆婆這時會加油添醋一番，順著話題叨念她愛買衣服不知節儉，古早時代一家老小瘦得要死，吃飽都成問題了哪來閒錢買衣服，兒子阿龍在戶外玩耍跌倒滑跤後，褲子的膝蓋或屁股的地方若磨破洞，返家後必討一頓毒打，她一邊幫阿龍阻擋如急促的西北雨落下的竹鞭，一邊還要抱穩懷裡襁褓中的孫女，母憑子跪被丈夫修理完後，在茶餘飯後擇一塊方正色近的雜布，瞇著眼穿針引線縫補丁。婆婆這些逢場作戲的搭腔她都瞭然於心，總不能在這群婆嬸們面前數落她們後輩的不孝和不笑，她聽在耳邊感念在心上。

炎婆嘴巴不渴她耳朵聽到都要長繭了，步出家門沿著柏油路往舊家踅去，繞過阿水嬸居住的紅磚黑瓦三合院，呆站在田間上透氣吹風。和煦的秋風從遠處的山峰稜線和竹林樹群蜂擁而至，撥弄過成千上萬株的稻穗，拂過之際稻葉也隨之晃蕩，摩娑出細微的沙沙聲響，風隨著三兩低掠飛過的白鷺鷥迎面襲來，吹散幾片旋轉飄零的落葉，葉片垂落在圳溝上浮沉，或垂落於一望無際適逢休耕的沃壤，著地瞬間的窸窣摩擦並不擾亂周圍的寧靜，蒲公英種子飄落於地時更是無有聲息，視線所及的田野上有許多稻草人零散矗立，它們身上偽裝的衣帽也隨風飛揚飄逸，胡亂兜轉的蜜蜂採集著花粉與花蜜，辛勤地替花卉蔬果扮演授粉的傳遞角色，沉穩的青蛙鼓譟和隱約的蟋蟀低鳴此起彼落。不遠處阿水伯正在燃燒大把成束的稻草，燒完後的灰燼節儉的莊稼人總會物盡其用，充當農作物的肥料或洗滌碗筷的清潔劑，焚燒的氣味伴隨著風吹過她的髮梢和疏於保養的黯淡臉龐，風將她安撫得渾身舒暢，又鑽進袖口探索她小腹微凸的身軀，隔著衣衫裡外逗弄得她下腹部隱隱發癢，鼠蹊處有股慾望正蠢蠢欲動地搔弄著，她內心舒坦得像個不識俗事的青春少女，渾然不察自身已是過更年期的婦女了。

外頭秋高氣爽她神清氣爽，蕭條的秋色容易勾起許多回憶，哪個婦女不曾幼齒過。高職肄業後，她就盤算要從庄腳所在到中壢謀職，新屋工作機會少，有些成衣或食品工廠雖然包吃包住，她內心不無琢磨，身為家中老大要趕快出嫁，下面的弟妹才能早日找個好對象，留在家鄉只能嫁給種田郎或養雞鴨的人家。她翻報紙尋了個起薪最高的號碼撥過去，號碼一一在電話上轉過半圈又復返，電話另一端模糊的氣音說電話不方便講見面聊，她也不是全然不疑有他，千里迢迢搭車前往果然是檳榔攤，窗內的西施跟著潮流穿著當時流行的寬鬆喇叭褲，普普風襯衫內套著比基尼，跟隔壁攤披著螢光色亮片流蘇衣的西施瞎聊天，她們毫不害羞地扯開嗓門，討論哪個體位插得比較深也卡爽的時候，她問穿喇叭褲的頭家是在兜位，那個後來跟她輪班的西施先側臉瞪了她一眼，再怙怙地跟她比了個後面的手勢。她繞過檳榔攤間的小巷走到後方，穿著汗衫的凸肚老闆在鐵皮屋內蹺腳呷菸兼泡茶，只差沒有撚鬍鬚，衣內的刺青透出凶猛的聲勢，她跟滿嘴三字經和檳榔且穿木屐的老闆閒話家常，聊完便遼下去了。

她又不像一些高職同學應徵美容店後，躲在隱藏於深巷底，店名叫愛素妮或夢蘭的小房間內暗地裡賣身。上班時她裝扮成當時還沒興起的學院風，純白襯衫紮進及膝窄裙，反正也騷不過那些都市來的查某，不知情的貨車司機或卡車大哥在車道上吼著問她是學生還是老師，她小碎步跑到車窗邊，衣內的黑色胸罩在呼吸喘氣的起伏間若隱若現，也就順勢瞎扯個千古不變的理由，操著標準國語回答：「我師院肄業家裡食指浩繁，要賺錢養家和攢學費。」轟隆轟隆的引擎高速運轉，和身邊飛馳而過的車流前後助陣，有些司機會咧開嚼著檳榔的嘴大聲回答類似的話：「食指為什麼好煩？還有什麼攢學費，妳不要國台語攙攙作夥我粗魯郎聽嘸，我賺很多喔幫你款錢加減出啦！」她笑臉盈盈，一句話也不說，不拒絕也不接受，暗中送秋波，雙手手心和鈔票零錢朝天，客人是跟她拿錢而不是她找錢給客人，無語間表達她的謝謝光臨，遞錢時男人粗糙的手想在她手中多停留一秒，她施捨個羞赧的竊笑後便抽手轉身，招呼後面不耐久候並按喇叭催促的客人。她的一顰一笑勾得上門消費的各路男人心癢難耐，扣子一粒也不必開，整條交流道下的西施沒人檳榔賣得過她，下班後再拉拉裙襬衣著整齊地回家，向家裡佯稱在中壢一間小貿易公司裡做會計。同學跟三七仔拆帳，她跟母親三七拆帳。

「阿霞啊回來幫阿龍洗身軀！」婆婆老遠呼喚她，逝世多年的公公是閩南人，出身美濃的婆婆不強求她學客語，和鄰居閒聊時婆婆才會穿插幾句客家話，婆婆說台語也比她說國語輪轉得多。她撥掉殘留在肩上的灰燼後應聲好旋即返家，途中經過雞舍和荒廢的公廁，紅圍牆外用竹竿搭蓋的棚架上爬滿絲瓜，棚下的田地種植更多芥菜、苦瓜、空心菜、地瓜葉和茭白筍等蔬菜，菜豆順架蹭瓜蜿蜒而上，長條狀的身軀攀爬如一尾復一尾的小蛇，更遠處堆疊著被剔除掉的蟲蛀菜葉，挑出的菜蟲婆婆會聚成一碗，她再端著肥碩的菜蟲到後院餵雞鴨。她從後門尾隨婆婆入門進廚房。「秋天沒流什麼汗，昨日才擦過！」婆婆安靜沒回話，眼神和左手飄向安置在廚房角落無語，一年四季伴隨她們婆媳倆殺魚去鱗炒菜煨湯剁雞頭除內臟的一缸甕，婆婆右手慣常擱在身後，多年默契她知悉又到了醃芥菜的季節，心中不無詫異一年之初轉眼又到年尾了，時光飛逝年復一年，但不變的是她從小便下田勞動，扛肥料揹穀包都難不倒她，醃芥菜是最能偷雞摸狗的農事了。

婆家和娘家做芥菜的方式大同小異，收割後的芥菜洗淨去蒂並切片，刀上不得殘留油漬否則發酵的過程會變質，逐一翻撥夾縫中的菜葉挑出偷渡的菜蟲，在日光下曝曬至葉片趴軟，有時午後忽來一陣雷陣雨，聲如洪鐘的炎婆總會大喊呼叫眾人收芥菜和衣服，這是她和炎婆難得的和解時刻，一夥人在雨中兵荒馬亂，我幫妳倒收啦妳衫落一件。一層芥菜一把鹽一陣腳踏後再一層芥菜一把鹽一陣腳瘆，如此循環數次至芥菜滲水，上面再覆以重石讓芥菜加速出水，中途需留意不得讓芥菜浮出水面，醃製後的芥菜依發酵的時間長短便是酸菜和福菜，後者能儲藏在甕缸內經久不壞。念初中時她的便當菜色常是一顆醬油荷包蛋加芥菜，她總虛闔著便當蓋用餐，擔心鄰桌的男同學取笑她千篇一律的菜色，也害怕被比她們家更散赤的同學討飯共食。從小到出嫁後踩芥菜總是她的年終任務，阿母與婆婆的雙腳久經田水凍寒，皸裂的腳皮難以癒合，芥菜泌出的鹽水浸蝕得她們刺痛難耐，她費力地踩踏著沒有皺眉更不敢抱怨，踩著心裡的回音與凹陷，踏著回憶與誣陷，女人就像芥菜一樣，被女人和男人踩得死死的。

等再長大一點上初中就有鞋穿了，學校統一訂購的中國強，白帥帥的嶄新球鞋，硬皮咬腳厚膠底，下雨天提在手邊捨不得穿，萬一泥水潑濺上鞋，在學校又會被男同學取笑踩到牛屎，嘜吵啦你沒踩過牛屎喔，穿鞋時阿爸會耳提面命要抬高腳跟，鞋的壽命才會久久長長，腳跟抬高，走路時腳步歪七扭八尻川搖來晃去，中國強就是那個年代女孩隱形的高跟鞋。跟她配班的西施叫阿嬌，腳蹬高跟鞋粉撲得比唱歌仔戲的花旦還厚，只有和男人閒扯的時候才嬌滴滴，買二十塊就送好幾粒，豬哥司機手伸進去時撒嬌更是奶上加奶。西施好像彼此都看不順眼，隔壁的金枝在阿嬌沒班的時候也會跟她抱怨，阿嬌奶這麼小粒那些豬哥是在摸火大喔，我的都比她大，講完還集中托高一下，她邊聽邊補貨吉利果進冰箱，心想妳一定也會趁我沒班時跟阿嬌說我壞話。阿嬌平常結一張屎臉給她看，眼紅她業績嚇嚇叫，不是她在臭彈，她光賣黑松和長壽菸就贏過阿嬌全部的業績，檳榔賣的錢她都還沒摻進去。她不給司機碰，但老闆會趁她包石灰剪蒂頭時從後面偷抓，她胸部沒比阿嬌大多少，但老闆只摸她不會摸阿嬌，男人好像都有潔癖，不喜歡其他男人用過的。阿嬌一定有跟老闆娘告狀，說她三八雞誘拐老闆，不然老闆娘來巡店時不會笑裡藏刀，眼神盯著她打量像定睛搜尋獵物的老鷹般銳利，她心中第六感告訴自己這邊不能久待了，挑白跟老闆娘招供她來自純樸的新屋，賣檳榔是要賺快錢養家，還跟老闆娘嫌阿嬌每天有穿跟沒穿一樣，業績還不是做輸她，順便打小報告阿嬌手腳不乾淨，常中飽私囊暗吞該找給客人的零錢，司機們趕著上路通常不會留意找錢金額。要走大家一起走，死破麻。

老闆娘當然見多識廣，青過的西施比她看過的檳榔樹還多，惡人先告狀的阿嬌後來先被老闆娘攆走了，天公疼憨人老闆娘還替她加薪問她要不要入股。她假裝考慮幾天便婉轉拒絕，盤算著當西施是能做到幾歲，有時候遠遠看到熟識的面孔還要尿遁，白白做業績給阿珍，抽根菸回來才想到這裡是中壢又不是新屋，自己在作賊心虛。當然上門的也不是沒有讓她心動的客人，中壢每條路都有阿忠，但健行路阿忠中正路阿忠龍岡路阿忠元化路好幾個阿忠她都沒放在心上，她只記得在馬桶公司跑業務的阿忠長相，來自鶯歌的馬桶阿忠騎白色偉士牌，總是聲到人慢到，大老遠就聽得到匡啷匡啷的引擎聲，儀表板上一大片比他還高的透明塑膠擋風板。阿忠一臉乾淨相，不是書生那種白淨靦腆，而是好人家出身教養的含蓄拘謹，成天在外奔波曬得臉龐與前臂黝黑得發亮，搧涼捲起衣袖時上手臂仍是一截白，他不抽菸不吃檳榔也不會偷摸她的手，眼睛偶爾會偷瞄，但也僅止於向她拿零錢時，眼神順勢沿著她的衣領往她胸部偷掐一下，把零錢收進口袋後又風塵僕僕地騎車遠去，不閒扯也不會跟她討價還價，來交關的白長壽或青仔都是買去跟安裝客戶或店面頭家交陪。阿忠上門時，她平常的小碎步會變成大跨步，競走變跨欄，胸口浮起的島嶼便地震般上下左右一陣搖晃。「妳怎麼這麼喘？」他問，那時候她還不知道他叫阿忠。「因為我有輕微的氣喘。」她信口扯了個小謊。

邊踩芥菜她邊覷著窗外的天空，天色比方才外出時又更灰暗了些，於是點燈著手準備晚餐。她拾起地上一籃阿水嬸給的已拔根除梗的空心菜，洗淨後輕甩去水並切段，添加幾匙婆婆搾取的豬油熱鍋，大火快炒均勻翻覆，盛盤前加點提味的蒜末；待熱水煮沸後汆燙阿龍喜愛的茭白筍，但她不喜歡茭白筍的口感，細長瘦白感覺靠不太住，不能充當主菜且燙個熱水就軟掉了，不似涼拌的竹筍爽脆多汁；而後用地瓜葉的剩油清炒番茄，另熱油鍋將蛋液快速攪拌成滑蛋狀後先行取出，與番茄拌勻並佐以糖與鹽調味，起鍋前倒入半碗太白粉水勾芡讓蛋更滑嫩，裝盤後灑上蔥花點綴；她從冰箱裡的翠綠色玻璃罐取出熟成的酸菜，在先前汆燙茭白筍的熱水添加些肉片，燜煮至肉半熟後撈起，與酸菜一併放入大骨與老薑熬成的雞湯，滾燙五分鐘後，滴少許麻油便是酸菜肉片湯。兒子外出上班長年不在家，三個人的晚餐簡便，婆婆和她食量少，阿龍腸胃蠕動緩慢，吃完飯易脹氣所以進食也有限，三菜一湯便綽綽有餘。

晚餐煮畢後她稍事清潔，將菜渣和老葉丟入廚餘桶，明早充當雞群的飼料，拿菜瓜布清洗鍋碗瓢盆時，她臉部和胸口泛起一股突如其來的燥熱感，迅速擴散至全身，頭腦復一陣暈眩，浪潮般的熱潮紅翻滾如絞，她垂首彎腰以半蹲的姿勢支撐身體，像條擱淺在水槽邊緣的魚拍尾掙扎。潮退後她坐在竹椅上緩頰殘留的暈眩，待情況好轉些她扶牆往廁所走去，經過房門時瞥見婆婆正在餵阿龍吃晚餐。她入廁鎖門開始脫衣解褲，卸下微微泛黃的內褲與胸罩，站在洗手台前，先沖臉緩解備食的疲倦，洗畢她原想迴避鏡中不堪入目的臉孔，但心想都幾歲了，忸怩成這副德行她都要嘲笑自己了。鏡中滿頭散髮的她髮尾毛躁分叉，疲態畢露的臉色蠟黃無光，左眼尾下方鑲了一顆不大不小的黑痣，浮腫的淚溝常年覆著黑眼圈，高聳突出的顴骨強烈對比下方凹陷的臉頰，鼻翼旁兩條深且明顯的法令紋向下劃開，唇薄且毫無血色，她用毛巾將臉擦乾，擦拭歲月積累在她臉上的痕跡，但有些事物沾染上了便難以去除，時間如蛀蟲，日夜不休地在鬆垮的皮囊裡外進出，她像一縷幽魂懸浮在陰陽交界的鏡前，憑弔早已逝去的年華青春。

一日上午阿忠如往常騎著偉士牌經過她前方，這是他今日第二趟光顧，臉上的汗黏上不少風飛沙，停下車時他眼睛猛眨了好幾下，沙粒誤闖入眼去了，手把上掛著未解開的塑膠袋，顯然第一趟買的沙士和黃長壽沒幫上忙。「我叫阿忠，妳叫什麼名字？」「我叫秋霞。」她老實回答沒講白賊。「妳什麼時候放假？」「你等我一下。」她往屋後的鐵皮屋跑去。瞎貓碰上死耗子，雖然她從未碰過眼瞎的貓，老闆也活蹦亂跳只是南下奔喪，天時地利人來，反正她生意這麼好也沒差這一天的業績，拎了用人生第一份薪水買的波士頓包，關掉電源讓五顏六色的招牌熄滅，拉下鐵門後跟金枝使了個眼色，頭也不回地大方蹺班，她側坐在引擎仍在運轉的偉士牌上，手往後方的扶手一握卻撈了個空，只得單手虛懸在阿忠的腰際，阿忠打檔發動後起步加速，獨留金枝枯坐在旋轉高腳椅上乾瞪眼。

所有的出遊日多半風和日麗，秋風習習，蔚藍的天空一碧如洗得快滴下顏料，誤點的蟬迸出趕路的催促，他們不趕，她也不敢，男女授受不親，深怕觸碰到阿忠，貼身的白襯衫撐起他清瘦結實的身軀，偉士牌震動的幅度她有些招架不住，幾個閃車的顛簸讓她差點滑下車，只能緊抓著黑皮坐墊不放，阿忠察覺到她無聲的彆扭，一個窟窿後車身突地踉蹌，他順水推舟扯住她的手貼上肩，被墊肩裹住的肩膀便是她這趟旅途的拉環，她弱不禁風的拘謹瞬間就瓦解了，心想存夠頭期款也要買台速可達，省得七早八早趕公車，買良伴好了雜誌上頁面搭配直白文案：良伴是妳的良伴！前思後想心中揪了一下，迎面而過的風吹散她的思緒，車流絡繹不絕身旁落葉不絕，她的良伴會是阿忠嗎？暗忖完她情不自禁地笑開懷，漫天的沙塵隨風揚起，胡亂竄飛的髮絲飄逸如舞，傻笑裡難掩那份逐漸膨脹的企盼，她瞇住的眼皮恰巧擋掉一粒撲面而來的沙粒。沿途路上的機車幾乎都是川崎和野狼，她問阿忠：「偉士牌不是貴鬆鬆？」「因為偉士牌長得很像馬桶，肥滋滋又白泡泡，野狼黑黑臭臭很像糞坑啊！」瘦黑的阿忠逆著風勢回道，對話被風吹得零落慢拍，不斷搧風的兩人咧嘴露齒哈哈哈，透過後照鏡相視而笑。

她拾起跌落於地的蓮蓬頭，扭開水龍頭讓冷水流盡，待水逐漸由涼轉溫後便開始沖澡，傾洩而下的熱水蒸騰出白茫的霧氣，凝結於鏡面上遮去折射的倒影。她仰起臉讓水從高處迎面澆灌，水從她臉上被光陰鑿刻的皺紋曲折而下，滑過她一對垂頭喪氣的乾癟胸部，再流經堆積著一層肥厚脂肪的小腹，最後匯聚至恥丘處隱蔽的暗林。沒有急瀾沒有湍流，氤氳的水氣模糊雙眼的視線，她坐在小凳上來回撫觸搓揉自己的身軀，一日的倦怠由全身毛孔噴發溢出，雙手環繞於頸後，彎膝俯身像個羊水內的嬰孩般蜷縮，溫暖的水流輕柔地包裹住她，她緊夾住雙腿就像當初拒絕阿忠般矜持，滾燙的慾望卻在神經的末梢沸騰，水柱無法灌溉植蔬稻作般滋潤她，她就如同一片休耕已久的貧瘠旱地，水流排入乾旱期的土壤後，不流動也不枯竭，蓄成一窪窪小澤於地面上懸而未決。她抬頭將濡濕的頭髮往腦後撥攏，依稀瞥見窗外有個瞬閃而去的黑影。她也不是沒有想過阿忠會看不起她，認為她不過是個浪蕩隨便的檳榔西施，他大學畢業還騎高檔的偉士牌，爸媽鐵定不是種田郎。她心中默默回憶著阿忠，思念比水還熱，女人總惦記留不住的事物，他像個腰際上端搆不到的癢，來得突然走得一聲不響，臨別的眷戀也撇乾淨了。有人來，她總希望他不會走；有人走，她就當作他沒來過。

有人走就會有人來，阿忠離開後阿龍登門，他是標準熱情又熱心的莊稼人，買檳榔手口並用坦蕩地吃她豆腐，停好野狼後便直直走上檳榔攤，大方摟住她的腰，殷紅的嘴嚼著檳榔且夾雜著濃厚菸酒味，水姑娘仔要不要嫁給我。她就像磁鐵般被陽極的阿龍給吸附住了，但在海邊成長的男人終究是塊硬鐵，性格註定頑強剛硬，缺少彈性和柔軟，連關心體貼都是粗礫的。在水陸交界討賺的村民只能默默與海搏鬥，草螟仔肖想弄雞公，胸坎裡滿是被自卑豢養的自大，生活夾雜著鹽粒和嚴厲，近海多風，跑攤喝酒後更瘋，阿龍選完里長後要晉級拚鄉代表，婚喪喜慶跑攤滿檔紅包中混著白包。虛軟的音量無法在空曠的鹽分地帶傳達訊息，在抵達對方耳朵前便被海風搧得詞不達意，阿龍講話人如其名，龍騰虎躍攀龍附鳳，總信誓旦旦地搥胸膛掛保證，吹豬吹鴨又吹牛，要賺大錢讓全家過好日子，不要像伊阿爸同款養雞下田種鳳梨又兼討海，他不討海但會討錢，跟她湊不到禮金和奠儀便杯盤齊發，講大聲話誰不會，但不跳下海怎麼會知道海平面下有什麼珍貴的寶藏，阿龍只有國中畢業學歷比她還差，斡旋念斡旋，酒醉後黑狗兄變黑螞蟻，生存就像無法稀釋的腥鹹海水，讓討海人在浮沉之際便嗆得口鼻進水。

阿龍出事前後都是她和婆婆撐起這個家，婆婆是欠腳的人，貧困的生活逼出她骨子裡查某郎天生堅韌硬頸的本能，一家嗷嗷待哺的老小讓她不得不精明盤算，所費總要打二十四個結才能度過十二個月。婆婆說以前哪有美國時間坐月子，嬰兒出世後只能抓空檔偷坐椅子，割掉臍帶後休息一週又要下田農耕，農事多如牛毛卻急不得，仍得按部就班進行諸多瑣事，牽著比蝸牛還溫吞的水牛犁田，整地育苗後放水插秧；以前哪有插秧機，彎著腰在濕黏的田水裡讓秧苗排排站好，炎夏時在燒得火紅的日頭下除草施肥，炙熱的陽光溽氣挾濕，悶得胯下汗疹直冒，步行時摩擦得雙腿內側疼痛難耐，捨不得撲的珍貴痱子粉下頭有六個孩子要瓜分；婆婆說以前哪有抽油煙機和瓦斯爐，透早五點就要起床，哈唏連眼油，眼油黏眼屎，燒柴升火張羅全家老幼的早餐，擇一瘦長無結的竹筒，在灶口的厚鐵門旁吹得汗流兩鬢漫及肩頸，火旺臭火乾火虛煮不透，那年代的新手媳婦一致認為大灶簡直比婆婆還難伺候，空檔時折竹枝兼綁草結，儲藏於灶旁備用，隆冬燒水薪柴冷卻得快，分秒必爭下小孩才有足夠的熱水洗澡。這些經歷她耳熟能詳，身為長女的她自幼便協助父母扶持一家，她和婆婆並肩走過春雨和冬露，度過每個晨去暮來，有時同悲，偶爾共喜，兩人辛勤掌握全家的存活之際，歲月在她們掌心上烙印下久留不去的厚繭，而後又從指縫中悄然滑走。

洗完澡後她從婆婆手邊接過阿龍，只有在推阿龍的輪椅時，婆婆才會正大光明將手從後背騰出，展示在眾人面前，侷促地扶住裹著人造皮的把手。晚餐用畢後是阿龍的放風時間，她推著阿龍往舊家的方向前進，抄捷徑從阿水嬸家旁的巷路繞去，炒菜的鍋鏟撞擊和爆蔥油香從紗窗門的孔隙飄出，阿水嬸的家在三合院右邊廂房的位置，左青龍右白虎，婆婆是大房媳婦，對面便是阿龍從小到退伍前居住的舊家，東家長西家短，兩棟房有肉眼看不見的高低落差，阿水嬸人如其名馴順如水，從不會在人背後或暗巷裡說三道四。居中的正廳供奉祖先及土地公、觀世音的牌位，牆上掛著阿龍祖父母與公公的遺照，尚有其餘她素未謀面的故人，懸在牆上維持著凝固的嚴肅神情，靜默地坐在移花接木的現代場景裡。大廳前面的庭埕是曬穀和芥菜的所在，她兵荒馬亂的婚禮亦在此舉行，七月半普渡大拜拜，三牲五果，祭神渡鬼上達天聽，四界七逃，村內孩子兵的遊樂場，跳房子後踢罐子，躲貓貓兼躲大人，阿龍修理兒子從不用竹枝，反手操起雞毛撢子厲聲喝斥：「你再偷拿阿嬤的錢我就將你打死！」更遠處是一塊埤塘，阿水叔如常不發一語地待在荒廢已久的水池邊，佝僂著腰背癱坐在竹椅上休憩，身穿白色汗衫拄著木雕拐杖，偶爾乾咳幾聲，但虛弱的氣力再無法將喉嚨裡久居的濃痰吐出，待阿水嬸吆喝他返家呷飯，他渾身無勁地撐起皺癟的軀體，拖著孱弱的步伐悠緩離去，頭也不回背向這個傷心地，他調皮的二兒子在某個夏日不顧他的再三叮嚀，躍入池中戲水，溺斃在他自少年時便來挑水灌溉稻米的深潭裡。

死亡有時倒乾脆些，直接了當生死兩忘，炎伯中風後臥病在床躺了十餘年，右半身癱瘓且嚴重失語，更衣如廁吃飯洗澡都是炎婆一手包辦，三人咿咿啊啊地比手畫腳，第三個是他尚未娶妻的么兒，高職機械系畢業後進鐵工廠做車床，菜鳥學徒上路但沒有新手運，顧著和同事聊天稍微一個不留意，左手反應慢來不及抽出，無常且無情的機器便碾碎他的左手掌，皮肉不相連的他痛得在地上打滾慘叫。桃園工廠比野狗還多，鐵皮屋、銑床、電動捲門和風管各式族藩難備載的工廠櫛比鱗次，誰沒有斷指缺肢的親戚或朋友？掏錢向她買檳榔的斷指司機們也不以為意，穿著吊嘎仔或打赤膊的黝黑身軀上傷疤累累，打斷手骨顛倒勇，他們樂觀開朗的天性彷彿傷口才是成功男人拚搏後掛階的勳章，疤痕越多代表階級越高，出外做粗工討生活誰不是拿人手短？桃園郊區滿滿是的透天厝和暖暖蛇的土狗，誰騎腳踏車或誤闖民宅沒被狗追過？一回清晨她小跑步趕公車上班，路邊暗巷內剎那間衝出一隻齜牙咧嘴的野狗，她在狗吠和追趕下拔腿狂奔，最後仍舊逃不過犬咬之殃，送醫縫了好幾針還注射一劑破傷風疫苗，小腿肚更烙下撕裂傷後雜亂的疤痕。現今工殤時代，傷口結痂後仍會焊接上新傷，婆婆的手沒有殘疾沒有疤痕，亦並非刀割或狗咬，僅是右手虛長一根小拇指，從大拇指的側邊竄出，她的右手共有六根指頭，彷彿婆婆膝下撫養的六個孩子。結婚奉茶時在婆婆掩映躲藏下，她頭一回瞄到這根突圍岔出的拇指，以為自己過於疲倦導致眼花，再次確認後她心中不無疑懼，事後回想不就像剝橘子時，如一枚未發育完全依偎於側的小果瓣。

她獨自步入正廳，將阿龍留在屋外的庭埕。三合院的左右廂房皆已修葺成現代式的裝潰，石英磚油漆牆日光燈搭配液晶電視，唯獨正廳仍維持舊有的內裝，地上鋪著不易生苔的紅普石，幾塊石磚經長年踩踏已膨龜隆起，阿龍輪椅跨不過的門檻被來往的腳步蹭得晶亮，壁上是去年重新鬆塗的水泥牆，原有的牆面多處斑駁脫屑，但整修前後並無二致，皆是一派原始素樸的淺灰。她從供桌旁的小几上拾起香，點燃後祭拜先祖諸神。神龕上的圖案是老萊子娛親和鹿乳奉親的勸孝彩繪，角落四顆壽桃上分別撰寫著福祿壽喜，群蝶嬉翼鳥，祥龍望吉鳳，浮雲奇松巨岩駿馬，兩側木雕刻有各式花卉，菊花荷花與牡丹栩栩如生，穿插著烏龜麒麟玄武朱雀等神獸，手執竹杖的仙翁牽著頑童賦歸，最上端一塊黑底金邊的大匾額，蒼勁有力的盧江堂篆刻其上，供桌中央擺放著何家祖先們的立牌，土地公和觀世音佇立於側，土地公左捧金元寶右握法器，觀世音洞燭的眼眸裡晃閃著穿透世事的流光。她嘴邊念念有詞，虔誠地祈求眾神能庇蔭一家，她從不求大富大貴財庫滿盈，只圖全家能身體康健並溫飽無虞，這樣她便心滿意足了。將三炷香插入香爐並輕撢桌上的灰塵後，步出大廳時她看到炎婆的么兒坐在簷下的長凳垂涎傻笑，他問道：「阿霞，恁搭家的小拇指能不能分我？」他衣衫襤褸像剛從髒汙惡臭的排水溝游上岸，久經職場同儕的排擠訕笑與謀職的不順遂，他腦袋漸漸不靈光了。她回說：「伊說明年生日送你當禮物。」她沒有騙他，只是閒話家常，然後望著樂不可支的他笑得滿臉雀躍。「阿霞，感謝妳。」他稱謝後三步併兩步地蹬著跳躍的步伐返家。

阿霞，感謝妳。多淺顯易懂的一句話，童謠般的歌詞，天真得讓她泫然欲泣。她叫秋霞，娘家婆家的親人和出社會後的同事都叫她阿霞，她從國小到高職班上都有其他阿霞，秀霞素霞桂霞翠霞玉霞海霞碧霞，按照出生先後分成大阿霞和小阿霞，有時候還會有中阿霞，阿霞阿霞阿霞。以前在課堂上搖頭晃腦背誦著三十而立四十不惑，青春無據轉眼一瞬，如今她已過知天命的年紀了，女人家油麻菜籽命，隨風而飄隨運而生，落在哪裡就長在哪裡，嫁雞隨雞嫁龍隨龍。數十年來每個月升日落，無論晴雨皆是她與婆婆一同照料阿龍的生活起居，初期最棘手的事便是大小便失序，神經導的損傷導致屎尿未急，便意與尿意皆緩慢如牛，在婆婆的殷切教導下，她和阿龍從初始的百般抗拒，到勉強讓她徒手挖出肛門內乾硬的糞便，日後則透過栓劑和高纖飲食促進腸胃消化，改善便祕的困擾；完成膀胱造瘻的手術後，在尿道留置導尿管排尿，疏通膀胱內積累且無力排出的尿液，但回流的尿液會造成腎臟衰弱，故飲食力求清淡且多食能排毒的苦瓜和綠豆；隨著季節遞移的日夜溫差，神經抽痛更是令阿龍束手無策的叨擾，這是感覺神經元喪失與脊髓的連接後，興奮度增高下的產物，尤其夜深人靜時，周圍的干涉和擾亂驟減，神經末梢的刺痛更顯加劇，如成千上百的螞蟻在蠶食著他的後背；她和婆婆輪流在半夜裡替阿龍翻身，他的四肢因疏於運動而日益消瘦，長時間躺臥致使皮膚擠壓，盛夏酷熱難耐的氣溫，動不動就汗流浹背，動或不動都會流汗，汗漬中易滋長褥瘡，迫使皮膚和組織潰爛，倘若處理不慎，嚴重者會淪肌浹髓至骨頭外露。她與婆婆這些勞苦功低的犧牲，從來沒人向她們道謝，阿龍只會因為這個那個的爭執而嫌隙起怨懟生，誰向她們致謝？

婆婆被乖舛的生活逼得欠腳，阿龍被困蹇的命運逼得欠腳，他不必穿鞋也不用踩芥菜，也不是小兒痲痺導致雙腳行走不便。出事的那天他一如既往跨上野狼趕場，在她視線以外的喜慶場合阿龍招架不住主人的殷勤敬酒，盛情難卻下難免小酌幾杯，杯觥交錯的酒酣耳熱，喝得醉醺醺後再騎車返家，陰雨綿綿歸心似箭，高速馳騁在偏僻的產業道路，他被臥躺在柏油路上的一顆石頭絆倒，一個閃神與打滑，阿龍從他的野狼突飛出去時，她正在廚房內替阿龍準備宵夜，處理甫從沿鄉鎮兜售的行動魚攤採買來的魚，活蹦亂跳的鮮魚側躺在砧板上瞪視著天花板，阿龍倏忽在半空中劃過無聲且無端的拋物線，背部猛力撞擊人行道旁厚實的牆堵，再疲軟地跌落於地磚上，此時她反握菜刀的把柄，奮力往魚鰓處猛搥了幾下，魚不會悶哼更遑論反擊，阿龍趴臥在地上奄奄一息地呻吟，麻痺的下半身動彈不得，眼角透出忿恨和惱怒的餘光，半閉的雙眼流下絕望的眼淚之際，垂死的魚在流理台上輕甩著疲軟的魚尾，唇邊吐出抵抗的白色泡沫，赭紅魚鰓急切的開闔漸緩，她隱約聽見遠處傳來一聲晦澀但淒厲的犬吠。彼時沒有手機沒有保險，沒有求援沒有賠償，只有他的天雨路滑和她的心急如焚。等過了就寢時間她在家中仍枯等不到阿龍歸來，恐懼和擔憂滾落如豆，擾亂她越往壞處想的悲觀思緒，她背著睡夢中的婆婆和不足週歲的兒子衝出家門，奔相走告周圍的鄰居協尋，眾人提著手電筒在田邊溝旁和竹林處搜尋了整暝仍遍尋不著，她撥著焦急的電話到阿龍朋友們的家裡亦一無所獲，隔日清晨某個巡田水的阿伯在路邊發現失去意識的阿龍，送醫治療後雖救回一命，卻已錯失急救的黃金時刻，所幸背部先著牆而非頭部落地，但撞擊力道過強且傷及頸椎神經，頸椎第五、六節以下癱瘓。聽完醫生的病況解釋後，她雙腳一軟也癱了，跌坐在地板上不可遏抑地痛哭失聲。

她要知什麼天命？阿忠離開的那一陣子，她茶不思飯不想，每天失魂落魄地趕車上班趕客下班，後來某個熟客的推薦下她跑去市區的命理街算命。一跨進香氣繚繞的屋內，她八字都還沒現出來，仙風道骨的算命師順攏著下巴蔓生及胸的白鬍鬚，瞅著她眼尾下的黑痣，轉身拿取櫃內的線香時，悠悠嘆道：「妳這一輩子命格中註定帶孤辰，剋夫命。」他語畢拈上線香後，便背對著她蹺起二郎腿，持放大鏡瞇眼看經書，身子再沒有轉正向前。當下她立刻了悟，算命仙的批示利刃般將她對剖開來，內心有重石被挪移，長久以來的困惑在似懂非懂中明朗了一些，亦有憾恨被開啟，眼中止不住的熱淚如斷了線的珍珠項鍊般散落，滑過她的臉頰和頸肩，而後含著淚和糊稱謝欠身離去。以前呷飯時阿母總叫她筷子要拿高一些，將來才能嫁得遠嫁到市區嫁給快活的人家，但她總覺得手握低一點較容易使力，倘若當初聽從阿母的勸告，她在婚姻裡能有更妥適的歸宿嗎？還是其實並不會有什麼不一樣？所以阿忠不置一語的離去和阿龍突如其來的自摔，原來在冥冥之中都與她卑賤的命格有所牽扯？

阿龍摔車後最愧疚的便是婆婆了，她最寵身為獨子的他，逢年過節殺雞後阿龍獨吞一隻雞腿，另一隻其他人共享；彎腰下田的粗重工作也輪不到他，上面五個阿姊一個比一個還勤奮。婆婆連生了五個查某囝仔才生下阿龍，女兒皆單名，玉、緞、綢、梅、蓮，名字高貴華美又脫俗，先後嫁給珠寶店二代、小學老師、公務員、修車廠老闆和自營商，唯獨單名龍的兒子最讓她傷透腦筋，自小便是到處玲瓏鵝的𨑨迌仔，個性比胡亂竄逃的鴨還霸道，對婆婆這個家庭主婦的諄諄囑咐都當耳邊蜂，嗡嗡嗡妳們一起去做工，左耳不進就不必右耳出。婆婆總內疚沒管教好阿龍，口中當然不能明講，箭柄朝外解釋阿龍是被外人帶壞，總苦著一張臉的她從不吃苦瓜，生活比苦瓜還難下嚥，她臉上常年悶悶不樂的表情無聲地替她怨嘆，阿龍只是無妄之災老天無眼，阿龍只是不想光明正大走險路賄賂競選，阿龍只是用厚厚的紅白包暗通款曲地買票。一回她在廚房煮晚餐時，身旁剁雞胸的婆婆嘴邊念道：「難道是我多這隻不達不欺的小拇指，才害阿龍變這款嗎？」她心中女人的第六感命令她即刻奪下婆婆手中的菜刀，爭搶時婆婆喊道：「我是正手配，右手拿刀要怎麼砍右手，過年還沒到，妳是在黑白想什麼碗糕?!」她笑中帶淚地憶起這些過往，悲的是她無權擇個好八字，老天爺贈與她爛命一條，喜的是祂又手下留情，婆婆嘴邊再多轉圜的只是都撼動不了上天的指示，命運奪去阿龍的下半身之際又慷慨贈與他下半生。

阿龍癱瘓的事當然瞞不住頻頻探詢的鄰居們，紙本來就包不住火，大家都是聽來的，也都傳不遠，方圓百尺內不過數十戶人家，閒話像線頭，越扯越長，久了就成了一團解不開的結。流言在彼此的唇嘴間遊走，群眾之舌滑溜如蛇，加點油後添點醋，口齒間便飄出發餿的酸臭。跑殘障手冊和助學補助的是她，外出兼差兩份工作養家的是她，命中帶重煞和偷客兄也是她，帶尿道發炎的阿龍去就醫的是她，禁止附近孩童玩一二三木頭人也是她。她不理解講完木頭人就喊停的邏輯，這世界上只有瘸子和老人徐步行走，還是這遊戲的用意是在抑制孩童的好動？鄰舍未卜先知的誇大和渲染，常如夏天襖熱的黏膩和悶濕般貼附上身，她早已學會不動聲色與不痛不癢。而阿龍始終無法坦然面對自己得終生坐輪椅的事實，雙腿箝制住體內男性恆常勃發的衝勁，柔自取束強自取柱，如果阿忠是茭白筍，阿龍便是竹筍。日子在錯愕中失了方寸，在退縮裡亂了腳步，在絕望時繼續前進，她後來再也不買活著的魚，不忍卒睹一個生命在自己手裡由生至死。

「杰仔到底是誰的仔？」她推著阿龍在水池邊閒晃，他已問了這個問題無數遍。不用解釋，毫無結論，就像每對夫妻都經歷過從無話不說變成無話可說。

她瞋目的眼神像兩隻針般從瞳孔噴射出來，奪眶而出後刺在阿龍的身上，無形中扎在他背後的穴道，她領他明查暗訪各方名醫和密醫，南征北討針灸了無數回，這次註定也將無功而返。沒有高人的提攜與指點，沒有女人的躊躇或猶豫，猛虎出柙，她靜悄悄地先發制人，用好整以暇取代女人抗爭時慣有的聲嘶與力竭，雙手順勢將輪椅往前傾斜，猝不及防的阿龍便如她倒掉的菜蟲般往外灑，他頭顱朝前身體彎曲，萎縮的雙腿並無氣力支撐起瘦骨嶙峋的上身，剎那間像摔車那日般他再次跌撲於地。螳螂捕蟬，後方不見貪婪的黃雀，阿龍現在只能任由她擺布，他用懷疑來代替信任，她用任性來回報他的猜忌。毫無解脫與釋懷，沒人幫她解脫誰給她釋懷，她悲苦的生命旅途只配擁有迂迴繞路和崩山塌陷，負負得負，有事態在擴展有仇恨在滋生，但僅侷限於方寸之地，舉頭三尺哪有神明，芸芸眾生無數的生老病死祂抽空時才過目，人在做，她與婆婆日以繼夜的貢獻與共患老天沒在看。手無寸鐵的阿龍匍匐在地，乾癟的身軀像隻蛆蟲扭動著，徒勞揮舞的雙手撈到的僅是太虛裡的數把空氣，他氣急敗壞地臭罵著一切他可以或不可以詛咒的事物，事發後他全身上下絲毫無改的便是嘴，舌粲裡僅剩汙穢的淤泥，在雞蛋裡挑骨頭，於雞皮上拔蒜毛。她驚覺前方水池種植的蓮花上似乎有個身影，像兒子口中描述並也神似阿水伯二兒子的外型，但她毫不介意，年輕男子肯熱切地在她枯槁的皮肉上多搜索一眼，她歡喜得幾乎忘記自己苟活到這把年紀了，索性也任由炎婆的么兒在廁所窗外，瀏覽他無緣目睹與碰觸的女體。

她雙頰發燙，無暇理會阿龍嘴裡是泥還是沙，微微喘息著，乾焦的音色不甚悅耳，急促的口乾舌燥，慾望像一滴黑墨，滴入她心如止水的無波水面，三兩圈漣漪同心圓般輕微盪開，撩撥著她塵封已久的遐想，腦中的回憶如海平面上群鷗般繞飛嘩譟。新婚初始的蜜月期，房內的床晃蕩得如暴風雨中的船，隨著波浪載浮載沉，凌亂的棉被在甲板上翻去覆來，兩人折騰得彼此暈頭轉向，他的嘶吼如猛烈狂雨，她低吟如間歇而過的風呼嘯，頭頂不見滿天星斗和皎潔月光，只有整片無垠深沉的漆黑，兩人在飢渴的頂端觸礁，跌落船後她踏在波濤洶湧的浪上，汪洋中沒有浮木，席捲而來的潮水翻騰，一波波的起伏跌宕後她便滅頂了。她的回憶裡有顫抖，顫抖裡有輕蔑，輕蔑裡沒有和解。她將阿龍轉向正面，撕開吸汗透氣的棉褲，像過往他撕破她的內褲般粗暴，扯去褲襠裡的尿布後，躍入她眼簾的是無精打采的委靡根器，延續香火命脈是農家興旺的根基，摔車後他連便溺都自顧不暇了更遑論行房，她當然有義務替他們何家傳宗接代，只是她……

沒有只是了，更沒有人指示。她早聽膩只是這個字眼。她毫不猶豫跨出左腳往阿龍的下體踏去，像過往踩芥菜般使勁地踩，阿龍睚眦欲裂的臉上露出痛苦的表情，面容猙獰，貧嘴的雙唇龜裂如旱地，光禿的頭頂上髮絲稀疏寥落，此刻外乾中強的她終於也能踩得別人死死的，哪個女人心中沒偷藏不想讓男人知道的心事。她居高臨下瞟著腳邊的阿龍，覷見他身旁一隻在乾涸的泥地上掙扎扭動的蚯蚓，身上爬滿群擁而至的螞蟻，被啃嚙的蚯蚓則更顯奮力地逃脫扭曲，環節上沾黏住不少草枝和泥屑。她跨出一個蠻橫箭步將蚯蚓踩成兩截，覬覦的螞蟻四處逃竄，斷裂的部分不見傷口與血漬，但不消幾日兩端便會增生成完整的個體，鑽進地面後持續靜默地通絡土壤的肥沃。對已喪失局面的殘兵而言，聰慧的人會選擇裝死或自盡，喪失氣節的倒戈為敵我雙方所不齒，好死勝過賴活，她和阿龍兩人亦敵亦友，他灰頭土臉的臉鼻已釋出投降的頹敗氣息，衣襟上泥印斑斑，口裡吐出得僅剩嘟噥的抱怨，而靜置不動的姿勢無言地代替他示弱。但阿龍連走到廚房取菜刀或繩索的步伐都付之闕如，她也不曾有過那份歹毒的念頭，去協助達成他常掛在嘴邊的想望。村人的謠言也許有過，可是她心中很篤定自己從來都沒有。從來都沒有，即便阿龍連一條蚯蚓都不如。

夜幕低垂彩霞滿天，她以胸中的心跳聲計數時間，歉意咬在牙裡，如同過往咬緊牙關撐持一家。蓮霧被驟風吹落滾地，雜生的竹林陣陣喧嘩，三兩街燈漸次不情願地亮起，飛蛾撲明滅，白蟻斷薄翅，她盼望先祖諸神沒看到眼前這一幕，迴避這些隱藏於市井的虛妄表相。縱橫的阡陌往前方不斷延伸，空曠的田野上徐風緩推著稻浪，四周的寧靜更顯悠遠了。遠山層巒濃霧瞬起，天邊躲悶雷，疊雲藏暗雨，眼眶一陣淚意輕掀，卻隱忍住不低下頭或滴下淚，她收攏過多旁生的情緒，再這樣濫情或絕情下去，慈悲為懷的菩薩都要鄙視她了。今天不過是個平淡又不被記憶的一日，等浩瀚無邊的天際再暗沉一些，在雨落下之前，她就會將摔落於地的阿龍扶起，從後門返家並小心翼翼繞過婆婆的視線，替他沖個簡單的澡，洗淨身上的腳印和汙垢，讓他喝杯溫水安神定律，並吞下巴氯芬片以舒緩夜間襲來的肢體痙攣，她便遵循每個過往的晨昏定省，扶阿龍回床上繼續躺平。

小倩

每天來的客人都不太一樣，各路人馬的男性前來，不問頭銜與來歷，士農工商販夫走卒皆有，高矮胖瘦貧富老少不拘，反正過來這邊的原因一致，她習慣先銀貨兩訖以免事後賴帳。過程她通常不多話，反正她本來就是寡言的個性，不像以前做美髮的時候，燙染等待的過程不可能安靜不說話，總得要找些話題和客人閒聊，排解等候的空檔。偶爾染燙後的結果和客人的預想有落差，她們往往也不顧先前熱絡互動短暫培養起來的情誼，說翻臉就翻臉，揚言要找媒體控訴或堅決不付款，吵到要叫警察也不是沒碰過。雖然她也是女人，但為難女人的多半也是女人，先前她翻雜誌看到什麼二八法則，說全世界兩成的財富被八成的人掌握住，她數學不好算不出來兩成的人能分到多少錢，她當下心頭想的是髮廊的奧客裡八成是女人，一個是男人，另外一個不男不女。

剪頭髮有待客的流程，轉行多年的她現在也有一套工作例行的SOP，她常念錯SOP這三個字，偶爾會念成SOS或以前美髮結帳的POS機，英文字母她從頭寫不到結尾，何況大小寫有的長得一樣有的長得不一樣，她從來沒搞清楚過。她的工作室不大，月租八千的十三坪小套房，一房一衛一廳，她現在的鬥陣仔在門上貼儲藏室的房間裡連線打電動，她本來是他的老點，靠店時期就是她的熟客了，後來討厭業績被對抽她便自行出來開業，碰到幾次耍賴動粗的客人後她覺得做個工有相當的風險，便找個金盆洗手的男人在江湖裡扶持依靠。反正她做這行也不太有機會找個正經的男人交往，她現在對他的感覺說不上是愛也說不上不愛，再濃烈的愛經過天長地久和柴米油鹽的相處，遲早消磨得比水還平淡。她以前念高職上課時也看風花雪月的言情小說，幻想擁有一個刻苦銘心的初戀，長大後和好姊妹抱怨時她當然不會這樣文謅謅說話，幹您娘開頭奧懶鳥結束，在她眼中男人都一個好色樣，現實生活中哪這麼多霸道壞總裁要調教妳。

她從紅外線消毒機取出黃色的大小毛巾，西裝筆挺的客人已經換上紙內褲了，方才她打量了客人的穿著和長相後，心中判斷應該是在竹科上班的工程師。她將小毛巾鋪在黑色床鋪前端的凹洞，大毛巾平鋪在床鋪上，不待她眼神示意，表情睏倦的工程師便自行趴臥在床鋪上了，她嫻熟地將嬰兒油倒在雙手掌心，也倒了一些在客人久未日照的白皙後背，便開始服務今天第一個客人。流程是這樣的，初始先輕按肩膀讓客人通常緊繃的身軀放鬆，而後按壓的手勢位移到腰背，並逐漸加強手勁力道，室內的燈光理所當然是曖昧昏暗的，她還會點精油達到舒緩的加乘效果。靠店時公司有安排訓練課程，肌肉肌腱筋膜經絡，揉點捏切，比英文還饒舌的穴位她早忘得差不多了，後來這活兒她全靠經年累月的經驗和臨場反應，客人如果真要正統的按摩會到純按摩的店家，上門找她的客人圖的不是這個，有點像髮廊的按摩，頭髮的剪燙染護才是重點。

接下來的流程是，將手挪移到客人的下盤，她雙手指腹在腳底來回逡巡，他悶哼了幾聲，她稍稍放鬆了力道，一會兒後在他腳底惡作劇地搔癢，他抽腿閃避並傻笑出聲來。她像捕抓獵物般將他的腳拉回原位，指尖並順勢向上游移，搓揉他毛茸茸的小腿肚，缺少運動與日曬的溫室雞，這種的比較省力，做粗工鐵工或裝潢的經久勞動渾身肌肉硬得跟水泥一樣，有時檳榔渣都還沒吐掉就想偷親她。她補充了些嬰兒油，指節略微扭曲的手掌復朝上方移動，蜻蜓點水，這個區域不必太使力，指尖落葉劃過空氣般左右輕滑，她身軀朝他的大腿前傾，按壓時渾圓的胸部不經意地觸碰，像在港口靠岸的浮球在沉浮之際碰撞著堤防。四周一片靜默，此時無聲勝有聲，只有冷氣規律吞吐的聲響，海風般呼嘯過耳畔，他渾身舒爽地癱趴著任她處置，偶爾發出低沉的呻吟，意識和肉體一樣綿軟，像漂浮在海面上隨著海浪晃蕩，暫時卸下工作重擔抵抗地心引力。性格淡漠的她此時會拾起敬業的態度，熱情的肢體接觸洋溢著性的張力，她的出身學歷都不值一提，只有外貌和身材傲人，而這是她賴以維生的利器。

通常將客人翻到正面前她會去上個廁所，讓客人稍微降火，也順便醞釀他已被撩起的慾望，休息兼偷懶個十分鐘，稍微補個眼妝。她只做半套，一個半小時含排毒收二千，一天做超過四個房租就夠了，雖然做全套能賺更多，靠店時她看客人順眼也偷接，現在男友沒答應也沒有不答應，彷彿在考驗她的忠貞，她暗忖賺了錢你也只是打更多的毒，心一橫一律不接。有客人要闖關她就佯裝去房間拿套子，男友會從房內出來替她排解，通常他也不會多說什麼，白色汗衫內的半甲還缺色，凶悍的黝黑臉龐面無表情，多年下來也沒出什麼事，客人多半摸摸鼻子悻悻然走人，剩下的時間也不會跟她討，之後有再來的話她也會補給他們。就跟你說我沒在接啊沒騙你，圓睜睜的雙眼眨啊眨，睫毛像蝶翅撲飛，這回她會更賣力些，你怎麼還敢來啦？我男友只是看起來很凶其實人很好。

這句話就是騙人的了。她用睫毛膏將睫毛刷得更為捲翹，本來就清亮的大眼顯得更為立體，並在眼眶周圍塗上眼影，她就是靠著迷離的眼神讓男人為她神魂顛倒，初戀男友看上她的便是她的眼睛。她的雙眼黑白分明，稚嫩裡夾雜著難馴的野性，她的確是出身在尖石鄉的原住民，血液依舊殘留山野間原始的基因。這段初戀也如她所願地刻苦銘心，對方是她在紡織廠工作時的老闆，彼時她二十出頭，她在工廠內擔任副料品出納，怎麼開始的說不準，大概也是老闆看中她出色的外型，而她看上他穩重可靠的個性，幼時她的父親酗酒後便性情大變，氣不過的母親有時會被父親在爭執後當出氣筒毆打發洩。這叫做戀父情結吧？她找了個和父親年紀相仿的男人填補空乏的父愛，在他的臂彎裡聽他描述往日紡織業景氣大好的時光，八〇年代滿街的錢淹腳目，錢像擲筊在地上跳啊跳，到處都是光明的聖筊。小孩要不要生下來？她去廟裡求神也扔出個聖筊，男孩生下來後老闆給她多一倍的薪水，三個月後就把她炒了。離職一年後聽說公司解散了，老闆因故入獄，眾說的理由紛紜，有人說蓄意倒閉有人說誤殺老婆有人說亂做假帳，原因她沒放在心上，只覺得惡有惡報老天有眼。

她不清楚這樣算不算男友，倒是對方確實是個總裁。單身女子帶個稚子在都市裡不方便討生活，她將襁褓中的兒子送回老家讓母親看顧，在市區找了個美髮助理的工作重新來過，洗頭洗到雙手龜裂，染劑滲入她掌心內的紋路，看起來像被工廠排放各色廢水的河流，一萬出頭的薪水連自己都快養不活，遑論還有個嗷嗷待哺的幼兒。再這樣消耗老本下去早晚坐吃山空，一個熟客也許看穿她眼裡的擔憂與惶惑，探問她要不要兼差，沒說做什麼只遞了張名片給她，潔白的名片上印著張副理，翻到背面覷見店名後的養生館，她心中便有個底了，壓低聲量點頭示意便將名片收進皮包。她沒持籌碼多猶豫或掙扎什麼，從小到大淹上她腳目的只有窘迫的捉襟見肘，隔月領完薪水後立馬跳槽客人的美容養生館報到，簡單的例行教學後她便上工了。上下班她都叫小倩，客人問哪個倩？有時她會說欠債的欠有時她會說抱歉的歉，看心情隨口胡謅，跟客人說家裡欠債才來做這行，抱歉啊按得不太好，她沒騙人，父親的確欠了一些待償還的賭債，她每個月最少拿五萬回家。並從客人的外表穿著判斷他們的職業或身分，還有老二大小，這個還真的沒個準的，高矮胖瘦和長短粗細毫無關聯，唯一可以推斷的是，自信和大小是呈正比的，越小的越自卑，大的表情通常比較臭屁，她也就心中鄙視而嘴巴誇讚對方好大喔！大小對她而言無關緊要，她領的錢都是五五分，和公司對拆，她只希望盡快解決客人，將客人的慾望了結便結束這一回合。偶爾她會對客人戲稱她名字的倩是勾芡的芡，然後作勢吞下客人噴射出的黏稠精液，這招屢試不爽，賓主盡歡彼此相視大笑，下次要再來找我喔！

回頭找她的客人確實不少，新竹多的是沒空交女友或交不到女友的各路工程師，業績太好她難免引來同事的眼紅和排擠。開工作室和靠店大同小異，月休八天，同樣在簡單的床鋪上排解男人源源不絕的慾望，她黑白蕾絲襪輪流替換，呼之欲出的堅挺雙峰，偶爾打扮成小護士或空姐，超過八成的男人有制服癖這點符合二八法則，偶爾要扮成女教師，拿熱熔膠打屁股的話額外多收五百元，也不是沒碰過跟她討尿喝的客人，她長年廁所裡備著一罐男友的尿以防萬一，這種有特殊癖好的客人價格一律好談，偶爾也要免費服務一下轄區內的鴿子，他們日夜輪班更需要舒緩一下，更偶爾厭煩服務脫光了屁股的男人時，她會去朋友的卡拉ＯＫ店支援，轉換角色打罵男人。自力更生除了沒人可以閒聊這個缺點以外，其餘的沒得挑剔，她靠打線上遊戲排解等候客人的空閒，不然就發line和客人調情打屁，有時接完奧懶鳥後關門跑去血拼，反正沒人管她，買完回來男友也沒發現仍舊在打電動。男友是不大碰她了，她也知道他等她下班後會私底下去找小姐，拿她幫別的男人打手槍賺的錢去嫖，怎麼可能只做半套，哪個男的不想做全套，她也不說破，兩人的關係像隔著一層若有似無的膜，他記得戴套子就好。

她有點忘記男友上次碰她是什麼時候了。梳妝打扮時她老覺得廁所外的客人有點面熟，長的像她國中時班上某個好學生，斯文乾淨兼連任班長，他們分屬在不同的朋友圈，但兩人都隔著圈裡的朋友朝外彼此打量對方。她也不是第一次在這裡碰到舊識，頭些年還會裝傻後來就坦然承認，反正老朋友回訪的機率微乎其微，她心中盤算是否要跟他相認，並且把胸罩的束帶又勒緊了些。

走出廁所後她瞥見客人坐在躺椅上背著她滑手機，她手背輕撫他的後背，像化妝時粉餅撲過臉龐，飽含著期待與專注，他回頭望她，她用眼神無言地示意他躺下，而他沒有稱她的意，不安分的手伸進去她的粉紅蕾絲胸罩裡。她也是久混市井的老江湖了，一個羞赧的假笑和側身便將他的手撥開，並順勢鋪毛巾般將他平放在躺椅上，總會有凹凸不平的皺褶，他的下體在她的挑撥和勾引之下已昂然挺立，她居高臨下瞟著又笑了，但這次是真誠的笑靨，笑他的不堪一擊也笑自己的攻其不備。她倒出了第二回合的嬰兒油在雙手與他的陰囊上面，油亮的樣子更像豆皮壽司了，她反手輕握住他的下體，拔植物般的手勢開始上下滑動，速度不必快，手勁在緩慢挑弄的同時由鬆至緊，從根部一路緊握上來，握住頭部時手再稍微抖動增強刺激，左手則在陰囊下的會陰持續頂觸。她不必看也清楚他強忍的表情憋撐著，急促的鼻息夾雜著斷續的低吼，在這個短兵相接的肉搏戰，端看雙方的功力方能分出勝負。你是新竹人嗎？她突然聲東擊西地問他。不是，只是來新竹出差。你叫志偉嗎？我叫建銘啦！喔，不是他。她喔了一聲，心中浮起一股不大不小的失落。

碰的一聲，房內霎時傳來東西掉落地板的碰撞聲，客人的眼神瞥了她一眼。

「我有養狗，應該小狗把垃圾桶撞倒了。」

接下來傳來幾聲捶門的聲音。

「牠有時候會敲門啦，牠關狗籠會亂叫所以我都沒關牠。」

「我家對面的拉不拉多也關不住，都放在陽台上養。」

「你要做嗎？我男友不准我接全套，但你長得很像我以前國小暗戀的同學。」

沉默，但他的眼神在等她主動採取攻勢。

「我去裡面拿套子。」

她打開門，跨過躺臥在地上靜止不動的狗，從床頭櫃拿出保險套。

之後就是那樣了。他扯開她緊勒的胸罩，她撕破他穿的紙內褲，就一瞬間的事，漫溢的情慾像午後雷雨般迅雷不及掩耳地淹沒岸邊的人，而他們方才也在兩岸觀望著對方，此刻兩人迅速交纏，在淋漓裡浮木般攀附著彼此。初始的前戲她先前已經做足了，一陣狂熱的親吻後他們便急切地深入探索對方，她用嘴撕開鋸齒狀的外包裝，眼眶裡有欲拒還迎的挑逗，戴上套子時動作有些貌似偽裝的生疏，她許久沒和男友以外的男人交歡了，她本想塗抹些嬰兒油，卻被他粗暴地推倒在床墊上。他眼睛緊咬住她，像嘴叼獵物的野獸，他抬起她穿著絲襪的細腿，沉默果斷地挺入，慌亂中她濕潤的陰道被一個膨脹的外物侵門踏戶，剎那間她的下腹部感到一股溫熱與腫脹。換她悶哼了，慾望高漲的他逐漸加快衝刺的速度，輕重深淺急緩左右，她嘴中微小的嬌喘變成近乎求饒的哀鳴，她感到自己快要滅頂了，領悟到瀕死也領悟到新生，體會洶湧也體會澎湃。恍然飄忽之際，她的眼神下意識地飄向房間的門。

她當然知道裡面沒有狗。進房時她望著男友躺在地上，睜突的雙眼清晰的血絲密布，她暗念了幾聲阿彌陀佛替自己和他祈禱，事前她去廟裡問神時也求了個聖筊，這是命定的劫難，兩人前世今生的恩怨糾葛此後互不相欠。氰化物果然速效，你不要怪我，要怪就怪你偷拿我辛苦攢的皮肉錢去養其他的女人，還動手打我。原來命運也會和財富一樣是世襲的，但她選擇對抗，她拒絕繼承母親苦盡苦來的人生。長久規律的皮肉勞動她有些疲了，濃厚妝容下暗藏著塗抹不去的倦怠和滄桑，她也不再年輕了，再怎麼拚搏下去也不過是每況愈下，往後還會有更多的殘忍與不堪吧？她費了十八牛四虎的力氣才走到這個地步，不如見好就收圖個皆大歡喜，她還在猶豫，要用什麼方式自我了斷，一樣拿針筒注射嗎？還是回到故鄉的深山裡塵歸塵土歸土。她在癢麻的抽搐與攀升的顫抖裡盤算不出個總結，左思右想的她雙眼時開時闔，熱烈地吻著吮著，霎時間她使勁摟住緊壓她的男人，下體一緊一縮，她暗忖著，等建銘射出來後再做決定。

帛書

學生時上下樓梯他總是一步横跨二個樓梯，下樓偶爾興致一來或趕時間，像跨欄選手般腳底一蹬身軀一躍就將半層樓梯跨越過去，他老家住五樓，跳個十次就在沒有觀眾歡呼的情況下跑到一樓的終點。都說好漢不提當年勇，但這也要視身邊客戶的年紀而定，陪年長的買家切記不能多吹嘘，一開始當然先在前頭帶路，之後放慢腳步讓客戶追趕上他，再誇讚他們體力好腳程快。近年來青睞公寓三樓以上的長輩日益稀少，只有捉襟見肘的新婚夫妻才有體力和預算挑選這類物件，他偏愛陪年輕客戶看屋，並非他不想找大戶，他們雖見少識窄但比較不吹毛求疵或砍服務費，即便有的連樓梯算是公設都沒聽說，但樓梯總讓他爬得氣喘吁吁，隨便基本帶看個十來間他一〇一大樓都能爬一半了。

這間屋主已經移民加拿大了台灣房子太多才隨便賣不是凶宅喔，那間路衝帶煞且車流多所以價格比市價低；這間客廳梁柱突兀請木工做櫃子時順便包住做一個美化的動作，那間坐東朝西會有西曬的問題台灣夏天不開冷氣沒辦法活啦；這間天花板油漆脫落是因為頂樓漏水抓漏時常治標不治本頂樓加蓋鐵皮最有效，那間頂樓不能加蓋鐵皮屋現在隨報隨拆喔只能蓋鐵皮不能蓋鐵皮屋了；這間怎麼鑰匙打不開我們先換下一間，那間格局方正動線佳一樓做資源回收免費幫你收垃圾；這間前面是公園視野開闊公寓難得會有景觀，那間屋主價格和脾氣都很硬委託很久了都沒人買沒有賣不掉的房子只有賣不掉的價格我有嘴講到沒沫他還是聽不進去；這間之前有在談都更了很搶手許多買家搶著要，那間喔前天已經有人下斡旋金了。你們要不要也付個斡旋金我跟屋主談談看？

夫妻倆沉默沒回話，所以他也閉嘴了，但是因為有些喘不過氣來，他們有志一同地繞進這間房的主臥室裡竊竊私語，他心頭一鬆，暗忖他們有事情要討論，便坐在狹窄客廳裡的沙發歇息。工作的關係他善於察言觀色，看見什麼都會收放在眼底或往心上擺，該暢所欲言時不退縮，應見好就收時也不多話，聽明話也猜暗話，習於從每個稍縱即逝的眼神或表情去揣測推敲買賣雙方的心思，有時是口氣的停頓轉換，偶爾是一個手勢的過場，並非每個人都容易敞開心房後推心置腹，這是他應盡的本分與義務。雖然他再鼓吹個幾句也許就能順水推舟了，但他胸口緊縮頭暈目眩，心中沒有任何慫恿的念頭，小腿的肌肉鼓脹緊繃，腳好痠。

「我們之後再帶父母過來看看。」他明瞭這是離開和推託的藉口。

「你們要不要鬼月再來看？那時候價格也比較好談。」他職業病還是犯了。

他們說好後他就送這對年輕夫妻離開了，關燈鎖門後下樓，疲倦的一天終於結束了，不，應該說只有帶看結束，晚上他還要回店頭跟屋主們回報追蹤。走到三樓時他覺得好像忘記什麼遺留在屋內，又上樓開門檢查，裝鑰匙的霹靂腰包內一大串的鑰匙，這間公寓外面的燈泡已經燒壞了，外面天色半明未暗，他打開手機手電筒湊近看每支鑰匙上張貼的小紙條，上面備註著它們所對應的公寓的簡易地址，此時他腦中回憶屋主的外貌，但這幾年來記憶力日漸衰退，絲毫浮現不出任何對應的畫面。他費了一番功夫才再度將這間公寓的鐵門推開，屋內一片空蕩，只有一張龜裂脫皮的沙發和斜倚在牆壁的掃把畚箕，方才閒聊時還有回音迴盪，現在室內除了他以外空無一人，他耳際的聲響只有自身益發加速的心跳聲和口鼻吐出的喘息聲，額頭和後背泌出了汩汩汗水，汗從太陽穴悄然滑落，摩娑鬍髭後順著臉龐和下顎而過，匯聚在他因吞嚥緩解口渴而上下跳動的喉結上。這間物件沒有陽台，他打開氣密窗，從口袋掏出打火機，點菸後佇立在窗邊，眉頭舒泰卻一副若有所思的樣子。

他當然也住過公寓，大學時和幾個要好的同學一起分租頂樓加蓋，赭紅色的鐵皮屋，五房零廳，公務員退休的禿頭老房東將整層樓隔成毗鄰的小套房，斑駁的雕花鐵門打開一條長廊直通尾端的廁所和廚房，流理台旁勉強塞進笨重的洗衣機，年輕時吃苦當吃補大家也樂在其中。建築系的課業周邊花費甚鉅，模型材料和器材設備皆所費不貲，不少人在繁重的課業之餘，假日抽空兼家教替國中生複習國英數。期末時期在燈火通明的建築系館熬夜趕模型是家常便飯，通常一陣兵荒馬亂後容易飢腸轆轆，一夥人便會附和著某人的提議和倦意提前回家，在屋外的小陽台擺上摺疊桌，將就著一旁架起燈泡的微弱光線吃提前的早餐，不外乎是過個橋去永和採買的燒餅油條，或泡麵加顆雞蛋和青江菜。念建築的同學品味都不差，不會因為荷包窘迫就讓自己過得寒酸，有人善蒔花養草，在屋外種植龍舌蘭和榕柏，枝葉不扶疏但清爽雅致，有人省吃儉用後會添購北歐復古家具裝飾房間，而家裡開營造廠的南部同學，偶爾會在其他人月底左支右絀時買單宵夜。

大家雖一窮二白，對彼此都坦白，因為窮也不怕失去，沒什麼好失去的。什麼都湊合著能用就好，他們抽菸小酌談夢想，有人說將來要當大建築師，他當然沒料到那個出國深造的同學日後會急性肝硬化過世，有人說將來要買地自建別墅，前方滿城燈光明滅閃爍，霎時流星墜落但沒有人瞥見許願，遠處有飆車族呼嘯疾駛的尖銳引擎聲劃過寧靜的黑夜，某個窗縫傳來嬰兒莫名嚎啕的啼哭。有人睏了有人肚子痛，酒精發酵後他思緒和身軀不自覺地隨著吞吐出的煙霧一起搖晃，體內有股無以名之的衝勁在醞釀，沒有微言與大義，腦袋和胃袋中的飢餓攪和著，更不是啟悟或寓意，他還沒搞清楚之際又被強灌了一瓶啤酒，苦澀的泡沫在他口腔中擴散開來，內心有什麼在緊縮，似乎是悸動抑或紛亂。遠方山巒間闃然變成魚肚白的顏色，城市的街景從清晨的雲霧裡淡淡浮現，黑夜的帷幕緩緩撤離，天空在眾人的喧嘩叫囂中逐漸轉成金紅橘黃的漸層色調，眼前視野比半夜遼闊清晰也因為連日的徹夜未眠而恍神模糊，他們像教授指點期末評圖般討論眼前建築的美醜，將學業的壓力暫時拋置腦後，有人嘔吐有人跑去睡了。他們青春正盛精力充沛，時而自負時而茫然時而鬥嘴時而歡笑，他們前程大好未來有無限可能，但前方等待他們的不過是百無聊賴且重複單調的人生。他將香菸熄滅，發現屋內空無一物後他又疲憊地下樓，一階接著一階樓梯地慢慢走。

關上一樓的白鐵門後他步行去牽車，轉動插入孔內的鑰匙，踢開中柱後便風塵僕僕地上路。尖峰時刻的車流塞滿身旁的四線馬路，水洩不通的還有車陣上方汙濁灰臭的空氣，競逐的喇叭聲此起彼落，在各種事物都高度追求效率的都市裡，誰也不是真心想禮讓誰，性格溫馴的人只會遭受軟土深掘的差別待遇。走到停車格時他發現儀錶板下方的置物區被路人塞進飲料手搖杯，吸管上還沾黏住口香糖，他取出塑膠杯朝前方不遠的垃圾桶走去，途中一不留意踩到了黏軟的異物，定神往下一瞧，他嘟噥出髒話，將皮鞋踩在人行道旁花圃內的泥土上磨蹭，然後坐在機車上蹺著二郎腿抬起皮鞋，拿起手中現有的手搖杯吸管，憤懣地將鞋底縫隙中殘留的狗便剔除。經過他身邊的路人對他的舉止摸不著頭緒，紛紛對他投以側目和狐疑的眼光，但他毫不在意僅專注在眼前的任務上，清理時他覺得自己真窩囊，整天的際遇連一條胡亂拉屎的狗都不如，肏。

他不發一語地進入店頭，脫下西裝外套後抹去額頭上的汗水，開始撥電話給不同屋主，不外乎向他們回報近期帶看房屋的狀況，替買家向屋主們議價轉圜，此時通常賣家也會跟他拗仲介費的折扣，他往往嘻皮笑臉地打鬧帶過，或對已將斡旋金轉成訂金的買家回報屋主的底價和希望的價格。有的客戶會要求他聯絡熟悉的水電工進行修繕，有個在國外工作長期不在家的客戶將鑰匙備份給他，充分表達對他當初鍥而不捨替他尋找合適房子的信任，他會巡田水般抽空去檢查清理。等較重要的事告一段落，他會打幾通電話跟交情好的老客戶話家常，他左手支著話筒，右手在行事曆上輸入方才那對夫妻的外貌和特徵，並在代辦事項上備註買燈泡裝在那間中正路八十七號的公寓裡。最近房市景氣不好，但這個月他已經成交冒泡了三件，全泡兩件和Andy哥分泡一件，他一個舊客戶替他準備結婚的兒子買下Andy哥簽約聯賣的華廈，兩人業績獎金對拆。

「好臭喔！是有人踩到狗大便嗎？」坐在他左前方的Andy哥大聲嚷嚷。

「對啊好臭喔！但不是我喔！」他抬起腳作勢檢查鞋底並附和著。

不是他，很多事都不是他做的，但在別人嘴裡他變成始作俑者。也不是他愛背黑鍋，他心中引以為圭臬的信念之一是人不招忌是庸才，你業績不好不愛專任委託也不踩線搶別人開發的客戶的話，當然受同事歡迎，他也不召妓，他又不像大家口中尊敬心裡鄙夷的Andy哥會把小三小四帶到屋主委賣的房子裡溫存，經手女人對他而言就像房屋買賣過戶般瞭若指掌。又不是沒錢開房間，有一次還差點被屋主抓包，好在他和情婦尚未寬衣解帶，停留在親嘴摟抱的階段而已，衣襬整理順攏向屋主佯稱帶客戶來看房，張大哥你這間再降一點啦她很有誠意購買喔！事後他也不諱言拿自己當笑話給同事看，但免錢的最貴外加老天有眼，後來被他老婆抓包，元配雇用徵信社像寶可夢般一路從小三抓到小六，他狡兔五窟後欲哭無淚，老婆娘家手骨粗出手闊綽，他先前買豪宅的頭期款還是岳父出資贊助的，被迫簽字離婚後謠傳賠房賠監護權又賠了可觀的贍養費，還真的是人如其名，豬哥。

他如開冗長會議時憋尿般把很多委屈和諉過憋住，反正他是來工作替自己和公司賺錢的，又不是來交朋友老師再見小朋友再見大家明天見。

每天都會見的是同事。除了放假以外，但他一週通常只休一天，同事其實和家人類似，彼此交談時常言不由衷，盡量避免觸碰和試探對方真實的想法，之間卻有條看不見的線在牽扯，藕難斷絲又連。他寧願整天都在外頭開發陌生客戶和帶看也不願在店頭開會，檢討會議野火燒不盡冷氣吹又生，今天也和每個昨天沒什麼不一樣。近幾年來房市和經濟景氣堪慮，辦公室的氣氛總鬆垮得像女人懼怕的蝴蝶袖贅肉，一旦纏住了便難以甩除，座位不像他以往待在設計公司有ＯＡ辦公桌和隔間，兩列鐵桌並排對立，同事們雞犬相聞但少相聞問，已經快月底了，大家都為了要盡快冒泡成交而各自奮鬥。打電話聯絡貼自售的屋主，這種屋主時不時會接到各方房仲要求代售的電話，口氣發飆時在話筒外的他也聽得一清二楚，屋主被各路人馬緊咬著，就像他桌上被蟾蜍啣住的金幣，屋主等於金幣。做這行的不得不迷信，風水堪輿和面相八字也需稍加涉獵，拜拜供品桌放置油和水，水果常吃棗子柳橙和香蕉才會早成交，芭樂是禁忌以免買家開芭樂價，或在辦公桌放水晶洞或開運竹招財，店長前面擺了一對長得像獅子的貔貅，他之前上網查了發音後覺得念快一點很像皮卡丘。

他昏昏欲睡，拉開抽屜拿出綠油精，塗抹在太陽穴和口鼻之間提神，而後奪門而出放風順便轉換一日鬱悶的心情。點菸後朝店內望去，一大扇落地窗玻璃上貼滿待售房屋的小海報，清楚註記著每個物件的資訊，上方是三兩張屋內的簡易照片，下方清楚標示價格和促銷語錄，不外乎屋主移民急售出價好談，鬧中取靜大隱於市，近捷運市場或學區公園，邊間採光通風一流等，有的在已被抬升的價格上畫個大叉，下方再用紅色奇異筆謄上粗體字的實際售價。地上擺著五個當月的主力物件，黃色珍珠板上的內容和玻璃上的廣告如出一轍，差別僅在於字體的大小，他從小海報之間的縫隙朝內窺探，隔著每日清晨值日生會仔細擦拭的玻璃，裡頭像處在一個被消音的真空空間裡。牆上懸掛著兩排每月成交排行名次的背帶旗幟，都是象徵積極有朝氣的紅黃兩色，下方的置物櫃上則是一排和旗幟相互輝映的各式獎盃，靠近門口的地方擺放一套桌椅，圓桌上的電腦用來向客人講解介紹物件，隔壁緊鄰的獨立辦公桌是值日生的專屬位子，招呼每日靠窗觀看物件的過路客。他位子背後有片白色留言板，上頭密密麻麻地寫滿物件的樓層屋齡和格局座向等詳細訊息，同事們正緘默地撥打電話，或喝水走動或緊盯著電腦螢幕不放，大家彷彿被囚禁的飛禽走獸，外頭黑夜籠罩而店頭被LED長條燈管映得白晃晃，他是來動物園遊玩的觀光客，正步行到夜行性動物區，他口袋內的手機響了。

「請問是張帛書嗎？」

「您好！請說！」

「仁愛路768號的房屋售出了嗎？我想看房。」

「這個案件我們沒有專賣，而且不瞞您說這間聽說是凶宅。」

「凶宅？」

「沒錯，先前似乎有房客在裡面燒炭自殺。」

嘟嘟嘟，對方把電話掛斷。

最近一直接到詢問這個物件的買家，他從未與此屋主接觸過，但有耳聞這間是凶宅，出價僅有附近物件房價的六成。只要經手買賣凶宅，他必定事先向客人講明，毫不諱言地醜話說在前頭，以免後患無窮被告上法院。沒上過法庭的房仲如鳳毛麟角，但他的確是潔身自愛又奉公守法的那一小撮人之一。勉強要說他只有幾個缺點，其一是過於鐵齒，年輕時總不信邪，暗忖牛鬼蛇神不過是無稽之談，他自恃八字重能趨吉避凶。一回帶一女買家看房，一進屋內她便表示感到頭暈目眩，他不疑有他，自己雖鐵齒但也不好勉強客人在疑似有異狀的房屋久待，離開前他到廁所小解，尿尿後不沖水是他另一個缺點，走出廁所後兩人要離開時，廁所內傳來沖水的聲響，嘩啦嘩啦後他和女買家面面相覷，他故作鎮定地返回廁所檢查，開燈後發現毫無異樣，正當他打算離開之際，頭頂上的燈竟然熄滅了，他依稀從門後篩進的光線瞥到馬桶的沖水手把正一上一下地晃動，此時他心中的警覺也跟著搖晃，微抖的雙腳有些疲軟，而後夥同女買家一言不發地倉皇離去。返回店頭後他向店長描述方才發生的意外事件，店長一臉稀鬆平常淡淡回他找時間去拜地基主或土地公啦！

此後他就不敢再這麼鐵齒了。進入屋內帶看前禮貌性說一聲打擾了，參觀房間時先行敲門示意，非不得已他不會在陌生房屋內如廁，一整年下來他進出的房屋成百上千，心神會隨著不同空間的磁場而波動，他配戴了一條到媽祖廟裡過香火求庇佑的紅瑪瑙，以避免邪祟的侵擾。人是會轉變的，隨著年齡際遇和環境，就像他以前也厭惡菸味，在外島當兵時偷學的，並非出自於無聊好奇，抽菸圖的不過是一段過渡的偷雞與摸狗，他分送給大樓管理員或屋主的菸比自己抽的還多。後來他更喜愛看著煙從口中吐出勝過抽菸這回事，在左手的掩護下點燃香菸，火光小心翼翼地忽明忽滅或晃蕩如舞，吸入後不急於吞嚥至肺部，朝天空吐出飄忽的煙，煙霧如雲靄般繚繞，恍惚間會憶起如煙一般飄盪又斷續的往事，偶爾他會希望自己也能消失，像煙無聲無息地散逸在夜空裡。

熄掉香菸後他決定回家休息了，手腕上的錶指向九點，難得提早下班，套上西裝外套手提公事包後他便匆忙離開。今天他想步行回家，工時長且繁忙只得縮短上班通勤時間，在公司附近賃了間二樓公寓，並非買不起房，但打腫臉充胖子荷包容易捉襟見肘，況且每天待在公司的時間比待在家中的時間長，盤算後實在不划算，他也不喜歡繳房貸這種領帶般被綑綁住的壓迫感。他是南部小孩，北漂到台北念書當兵就業，他拎了諸多行李北上卻帶不上來一片清爽的陽光，也沒打算置產久居，他討厭北部陰雨連綿的氣候，不論冬夏總是圍困在潮濕的盆地裡翻攪蒸騰，南部雖熱，卻是乾脆俐落的燠熱，坦蕩的日光落下不黏不膩。返家途中放眼望去盡是萬丈高樓，五顏六色的廣告招牌高低錯落，車陣魚群般迅速奔馳而過，高壓電線交叉歪斜，像失意樂手酒後眼中的五線譜，變電箱上點綴不少貼紙和不明的醜陋塗鴉，偶有野狗和街貓，派報的老伯遞了兩張新成屋的廣告給他，便利超商大門叮咚叮咚後您好歡迎光臨，到家前他先繞到住家不遠的印刷店，影印明天要請工讀生投遞信箱和貼小蜜蜂的廣告。

進入租屋處後，他隨即將公事包和外套順手扔在客廳的沙發上，卸下脖子上緊纏住他的領帶，他憎恨喉頭被緊掐住的窒悶與束縛，鬆開腰頭的皮帶後便進廁盥洗，他佇立在洗手台前，望著鏡中反射的陌生臉龐，心想原來在他人眼中自己的形象不過如此，早餐店老闆或中年婦女以外不會有太多人會說他是帥哥。他扭開蓮蓬頭，轉至藍色那一端，冰涼的冷水傾洩而下，他唔一聲後起了個冷顫，下體順著滑過的水顫抖起來，陰囊也隨之晃動緊縮，有股伏流在底下呼之欲出。這些年來不少女性也像流水般從他身邊流過，有觸動有撩動有過夜有過客，他緊抓週休一日的夜晚和互有好感的異性共進晚餐後逛街買單，最終她們卻又流水般朝排水孔滑溜而去，他不曉得是自己還惦記初戀女友，還是他只想從其他女人中找到她的替代品。兩人分開已十餘年了，一切都過去了又像是一切都還沒過去。如果他更懂得妥協的話，如果他有更多堅持下去的果決，如果沒有那場意外，如果還有如果，世上不會有這麼多惋惜。逝去的一過眼便如雲煙，他讀過莊子的一則故事，尾生與女子期於梁下，女子不來，水至不去，抱梁柱而死，當時他竊笑尾生真愚蠢，換作是他水淹到膝蓋拔腿就溜了，但年紀虛長，他日益體會原來有時人會拚命想緊抓住什麼，不願意放。

沖完澡後他不假思索就仰躺在床上了，蓋被時他常分不清長短邊，將棉被測試翻轉得像漂浮的魔毯。他四肢一攤，終日奔波的倦怠滲入他的血管，隨著心臟的跳動擴散至全身，而他自身並未察覺，出社會工作已將近十五年，經年累月堆疊的疲懶，滴水穿石地侵蝕著他。過往建築系畢業的傲氣早已被人情世故的傾軋打磨殆盡，他成為當初自己不認識也拒絕認識，既世故又圓滑的無趣大人了，好像也不很久以前，他也曾有過遠大抱負，當個世人稱羨的建築師，在事務所面對電腦繪圖軟體畫了三年的平面設計圖後，支撐他與現實抗衡的僅剩下他與同學們之間的約定，其實也不算是約定，畢竟沒有歃血為盟或宣誓締約，而是尚未說出口的深埋內心的想望。現在的他不談論也不奢望夢想了，那不過是流星般一閃即逝的事物，來不及許願就杳無蹤影，如今他不過是一頭被圍困在室內的動物，哺乳綱靈長目，久經囚禁後他過往橫衝直撞的野性已被馴服了，或無處可去或坐困愁城或走投無路，橫亙在他眼前的是氣密窗或鐵窗欄杆，他僅能倚靠在這些禁錮他的圍欄旁低鳴或嚎叫，不見垂憐的齜牙咧嘴，這不過是一場又一場徒勞的困獸之鬥，無人給予興之所致的餵食。他也不是不想衝破這蒼白疲懶的頹勢，他還算年輕但也不算年輕了，不上不下騎虎難下，他能揮霍時間的餘裕或籌碼少之又少，只能跟蟄伏在體內躍躍欲試的衝動共存，況且逃離後他不知道他還能去哪裡，腦中的思緒被盤根錯節的工作瑣碎緊纏住，也許哪裡都去不了，他害怕走完岔路後便通往死巷，歧路後不見花園。

他在床上翻來覆去，像條離水的魚在沙灘上垂死掙扎，而浪潮般的疲憊反覆地淹沒他，卻又無法順勢將他沖回海裡，他只能在上下班之間的潮間帶擺盪，但他已日漸分不清這之間的界線了，陸上行路時濕黏的沙粒馬鞍藤般爬滿雙腳，在水中行走又受限於海水的阻力而窒礙難行，同事間的爾虞我詐如暗礁和漩渦，稍不留神就溺斃了。他已失眠好幾個月，近年來房價潮汐般急流勇退，景氣低迷價量齊挫，實價登錄和房地合一稅輪番上陣，最近政府正在研擬空屋稅，他對朝令夕改的政策深感厭煩，僅剩一例一休和安眠藥是讓他沉浮的波浪，減緩些微生活上的重力。他摟著身旁的等身抱枕入睡，如親熱時女人雙腳緊夾住他那般夾住它，他大腿內側有股突如其來的癢意，便隔著衣物搔抓著，下體在右手若有似無的磨蹭下仍然無精打采，他褪下睡褲和內褲，發癢的源頭長出了些疹子，從床頭櫃取出一罐白色的痱子粉，扭開藍色的瓶蓋後朝鼠蹊處撒上一片涼，而後在擴散的涼爽中和死寂的漆黑裡，深沉地步入夢鄉。

隔天的行程也是大同小異。準時早起不賴床，脫掉盜汗而濕透的內衣，上網瀏覽昨日收盤的股票指數和確認平板電腦上今日的工作行程，早餐是降膽固醇的燕麥加牛奶，偶爾是能清腸胃的地瓜加豆漿，盥洗後在腋下噴止汗劑，套上昨晚扔在沙發的西裝前先穿上衣架掛起的白襯衫，下樓後將廣告信件抽出，信箱下方的地上有一紙箱，他拾起住戶棄置於內的各式廣告，塞進手中的空紙袋裡後轉讓給巷口的回收阿婆，再折返牽車，這台陪他在路上馳騁的機車已老舊不堪，引擎發動的速度比過斑馬線的長輩更緩慢，但他無法拋棄和它之間的革命情感，它陪著他度過日曬和雨淋，躲過條子與犬吠。發動油門後機車的關節尚未舒展開來，喀啦嘎拉，鬆脫的後照鏡撇過臉，而後再風塵僕僕地前往不遠處的上班地點，九點上班，偶爾輪流打掃店面，做做樣子掃給後輩看，九點半開早會，之後物件追蹤或屋主拜訪，偶爾手寫看板，以前學素描打下的美術底子正好派上用場，每天的例行公事都差不多，和明天或昨日類似。時光複寫紙般狡猾地躲在每頁日曆下頭，在第一頁寫句髒話，彷彿後面便會出現三百六十四句一模一樣的髒話。

近期他桌上的文具時常不翼而飛，同事間難免會借用筆或修正帶，他習慣在文具尾端貼上自己姓名的貼紙，但往往添購後沒幾天又消失無蹤，同事們的桌上也遍尋不著。他心中不無懷疑但沒多想，今天下午他打算外出貼小蜜蜂，盤算之際手機鈴聲響了，接聽後發現又是詢問仁愛路那間凶宅的客人，他婉拒時一陣納悶油然而生，心中有股細微但篤定的直覺警示他一定有人在暗中搞鬼。掛斷電話後他開始吃午餐，囫圇吞棗地嚥下眼前的便當，食畢後一顆柳橙配一根香蕉，到後方的飲水間倒杯溫水，吞下明目養神的魚油和蒜精，伸手朝後把卡在屁縫的內褲扯出，便步行到附近的影印店拿昨晚送印的廣告單，回程繞了點路促進腸胃消化，順便觀察街巷內有無貼上自售字樣的房屋，最後返回店頭前的騎樓牽車。

過往建築系的訓練下，蓋出來的建築必須融入附近景觀的紋理，太過突兀的外觀會影響街廓的面貌，但貼小蜜蜂恰巧相反，這些毫無美感的小廣告紙貼在電線杆或變電箱上，正是破壞周遭視野的元凶。起初他還有些猶豫，但過幾天後便釋懷了，年紀越長，他更明瞭判斷主張要朝帶來最少責難抨擊的那端靠攏。近來流行吸睛的標題，他手邊的廣告寫上小三也需要一間房，偷情被抓籌贍養費，被仙人跳準備跑路，才能在琳琅滿目的紙海裡出奇制勝，雖然他認為小蜜蜂的效果有限，上面留的都是能接聽但環保局找不到人頭的靶機號碼。其實他更偏愛貼小蜜蜂帶來的附加價值，騎著機車在外頭漫無目的地閒晃打轉，在熙來攘往的街巷裡穿梭，閃躲從小巷內突圍衝出的計程車，有節奏有急緩，避開逃竄玩耍到馬路上的孩童，時常坑洞和踉蹌，左拐抄捷徑，車輛停停走走行人來來去去，右轉有個藏匿在天橋下抓違規的警察，眼觀四面耳聽八方，黃燈加速綠燈留意轉彎不打方向燈的三寶，偶有鳥屎和瓶罐，頭戴全罩式安全帽，疾風從帽緣和皮膚之隙趁虛而入時會產生口哨般的呼嘯，那聲響像指點像督促也像迷津，溫柔妥貼地包覆著他。後來他明白為什麼叫貼小蜜蜂，在路上小蜜蜂般胡亂兜轉，嗡嗡嗡嗡嗡嗡，別學懶惰蟲，但偶爾他會偷溜回家補眠。

好在今天他沒摸魚。十餘年下來的房仲經驗，他碰過不少巧合的事，簽約時買賣雙方是國小同學兼情敵，而他們心儀的女同學是他已離職的前同事，看房時帶錯鑰匙，巧遇遺失鑰匙的屋主帶鎖匠開門。他無意間在一電線杆上瞄到仁愛路那間凶宅的廣告，而底部留下他的私人電話，翻飛的廣告紙搖搖欲墜，他內心的竊喜正摩拳擦掌，手一伸撕下眼前得來不費吹灰之力的證據，像買賣快速成交的緣分，手到擒來的嗆司，今天已經採集到花蜜了，相遇得到。他歸巢似地迴轉繞回店頭，返回座位時不見任何人影，只有他和身旁報到三週的新人，學弟點頭示意後繼續研讀不動產營業員的考試資料，但新人獨自鎮守店頭並非尋常的人力配置。室內一片寂靜無聲，僅剩冷氣怠速運轉的微弱引擎聲，規律的聲音像偽裝像埋伏，更像風聲鶴唳前屏息時無意吐出的喘氣。他腦海裡浮起一陣不祥的預感和警戒，瞬起的雞皮疙瘩直竄而上，草木皆兵的動靜皆無，而後茶水間一陣爆炸聲，不明所以地飄出陣陣煙霧，飄散的煙勾起他竭力遺忘卻緊纏住不放的回憶。

沒有風吹草動或蛛絲馬跡，這個臨場感讓他知曉這跟過往在建設公司虛應故事的消防演習不一樣。有火焰在蔓延，火苗在眾人熟睡時不知從何處冒出，他內心的恐懼隨著火勢的擴大而逐漸膨脹，有煙霧在瀰漫，煙被天花板阻擋無處可去，水平往兩旁蓄積，烈火和濃煙如狂舞者般不斷跳躍滾動，他視線所及皆是一片橘紅色的熊熊火焰。他腦中空白一片，滿臉暖烘烘的，彷彿燒金紙時站在金爐前的溫度，但他心緒紊亂無暇多想，僅有逃出去這個念頭盤據在腦海裡。惡火像久未進食的餓漢不停啃嚙著渡假村的身軀，喀拉匡啷，恍若牙齒不經意咬到細碎骨頭的聲音，持續竄升的煙霧亟欲宣洩而出，眾人和濃煙一併尋找出口卻遍尋不著，火彷彿他過往一夜未眠後看到的日出，火紅熱辣地燒灼他的雙眼。煙霧遮蔽了他的視線和方向感，慌亂中他恍惚瞥見大夥在大火內竄逃，而後他感到一陣無端的乾燥，逼近的熱浪從皮膚孔竅抽吸出水分，他焦急地叫喚著同學和女友的名字，呼喊卻被震耳欲聾的焚燒聲給覆蓋，烈焰比方才更張牙且舞爪既齜牙又咧嘴。倉促間他眼前霎時出現一道門，他直覺似乎有人在裡頭，摸了門把後反射性地抽手，他表情猙獰，暗啐了一聲，好燙！腦袋來不及反應，牙一緊咬再度旋開炙熱的鐵門，厚實的悶哼劃破僵局，眼前戶外的場景映入眼簾，他回頭往火場一望不見任何人影，便毫不遲疑地逃出這場無妄之災，跑到感受不到熱氣的距離之外，轉身乾瞪著眼前這片虛幻如夢境的火海，臉頰雙手滿是煙灰烙印下的汙黑，遠方傳來消防車急切的鳴笛聲。再過不了多久，但他感覺漫長得像餘生，火舌在風的助長下將渡假村吃乾抹淨，僅剩骨頭般的支架，餘燼如骨灰，風一吹就散了。

「學長？」沉默，他沒聽見新人的呼喊。「學長！裡面為什麼在冒煙？」學弟拍了他的肩膀。他怔了一下，從記憶裡回神，心頭一緊顫抖地往煙霧走去，發現Andy哥在茶水間裡頭，而鐵製便當盒在微波爐裡頭。「你知道鐵製便當盒不能微波嗎？」「我昨天玻璃便當盒打破了，才臨時拿這個便當盒來用。」Andy哥一臉茫然，但沒有認錯的意思。

Andy哥也不必認錯，他的道歉對他而言可有可無，各人造業各人擔，很多事也不需要認錯。和薪水不成比例的高房價問題，誰要承擔這個過錯？那場發生在他大學畢業旅行的火災，誰該負責？災後他陪伴燒成三度灼傷的初戀女友療傷，流淌著血水和組織液的皮開肉綻，清創和換藥的過程痛不欲生，最後他屈服在家庭的脅迫和自己的懦弱之下，帛書啊你還有大好前程，聽爸媽的話，別為了一棵樹放棄一片森林，我是為了你的未來著想，他無奈選擇漸進式的不告而別，黯然離開不是他的錯，他沒有錯。那場祝融是電線走火還是人為疏失？他事後也無心追究了。旋即而來的兵旅生涯讓他應接不暇，只能在兵荒馬亂的忙碌裡撫平心中的創傷，但痊癒後的疤痕刺癢難耐，他依稀耳聞女友自殺未遂，大學同學在他總是缺席的同學會上傳得沸沸揚揚，但道聽塗說就讓它留在半路上，這不是他的錯。他上班時都避免將領帶綁得死緊，他每天攜帶許多鑰匙，開門關門您好早安再見慢走送往迎來，卻無人能打開他心房上的鎖。主管同事和客戶們總帛書啊帛書啊喚他，名字念快一點，不會輸，他不會輸，他沒錯。

他轉身離去，像過往逃離火場般迅速離開茶水間，而後將手上那間仁愛路的宣傳單，壓在Andy哥的鍵盤下，離開前瞥見透明塑膠板下的中永和之歌，這是剛進到這間店頭，店長都會要新人記住的順口溜，他嘴角哼出歌詞第一段的內容：

永和有永和路，中和也有永和路
中和有中和路，永和也有中和路
中和的中和路有接永和的中和路

永和的永和路沒接中和的永和路
永和的中和路有接永和的永和路
中和的永和路沒接中和的中和路

接下來的內容他記不得了，他想起先前同事群組瘋傳的廣告看板，你與丈母娘的距離只差一間房，沒有房你只能叫阿姨。妳們這些阿姨就別進階當丈母娘了，他對上年紀的女性都叫姊啊還不敢叫大姊，反正如今結婚率和出生率比景氣還低迷，少子化後有些大學都關門倒閉了。下週二是他三十五歲生日，時間在後頭無聲地催促著，他依然一人飽全家飽，即便是愛家的巨蟹座，但他依舊孤單寡人成不了家，這個問題就是他的錯了。他早算不清有幾年的生日在工作中度過了，都說千金難買少年窮，還不簡單，他要去吃以前期末報告地獄結束後，大學室友們會吆喝去慶祝解脫的夜市牛排。他推開玻璃門，門緩緩闔上後他便與身後的紛擾糾葛暫時無涉了，他沒意會到自己嘴邊哼著久違的口哨，一身西裝影子般黯黑，轉進暗巷後便融進深沉無邊的夜色裡。這次總算想起來了，店名叫大塊牛排，他要點菲力，蘑菇醬七分熟。

三隻猴子

大樓橫在他住的公寓前方，微弱的晨曦將大樓的影子拉得渙散，像個徹夜未歸的酒鬼。清晨是流水日常裡不常瞥見的縫隙——路燈趕在陽光更耀眼前替街景綻放最後一束光，樹梢傳來抖擻的蟬鳴，枝幹彷彿長滿聲帶；清道婦在稀疏的車流間清掃，落葉不歸根，塑膠袋隨風倏忽飄起，尿漬狗便菸蒂瓶蓋嘔吐物鋁箔包，她禪者入定般目光朝前，一帚便是一天地。傾斜的光線從窗縫篩進房內，將懸浮於空中的塵埃照得無所遁形，室內滿布著一日之初應有的寂靜，他撥開額頭上濡濕的頭髮，額上早已泌出一層汗，昨夜假寐時又恍惚地進入夢鄉，淺眠多夢的他總睡不安穩，大清早便因尿意醒轉，在床上側身反復，盯著床頭鬧鐘發亮的螢光綠指針推移，最後不甘願地掀被起身，從床尾的衣堆中撈了件乾癟的襯衫，半套上後讓電風扇朝著肚子運轉。他呆坐在床邊，連綴著未竟的夢，依稀有頭駱駝昂首於廣闊無垠的沙漠中，塵土飛揚如瀑，他看見自己坐在駝峰間，隨著駱駝靜穆地緩步前行，此外無更多細節，視線遠端的地平線也沒有海市蜃樓。

摸黑尋電源，開關周圍覆蓋著搜索時遺留的指印，進廁盥洗後敞開廁門，扭開牙膏蓋時他憶起有件事待處理，但剛甦醒的腦袋尚在暖機，想不起來毫無頭緒，他並未察覺腦筋日益遲鈍的事實。牙膏黏住一隻飛蚊，他將一小坨牙膏挖除，咕嚕咕嚕漱口刷牙，刷舌苔時乾嘔連連，他痛恨牙刷侵入口腔深處的反胃感，吐掉泡沫後扯下拉鍊小解，他習慣在洗手台尿尿，高度剛好，馬桶太低了，半夜起身如廁總瞄不準，女兒襁褓時他仍血氣方剛，硬挺的尿液四處噴濺，常惹得妻嫌廁所有尿騷味，他總胡謅是尿布的臭味。銘望著鏡中的臉東瞧西看，將殘留的鬍渣刮除，撥掉眼尾被眼油黏住的乾硬眼屎，眼下垂掛著惺忪浮腫的眼袋，臉頰略微鬆弛並覆蓋一層油光，還有腰間隨著代謝遲緩而堆疊的贅肉，這些歲月的積累他看在眼裡沒掛心上，手腕的舊疤上堆疊著結痂的新傷，扭開水龍頭，將尿液和睡意隨著泡沫一併沖下。仍然沒想起那件未完成的事是什麼。

他環顧四周。退伍後縮衣節食牙根緊咬了八年才攢足頭期款，三房兩廳雙衛浴，月付二萬八，當時他的薪水扣完勞健保後還不足五萬，與數個房仲兜轉了不下百間房，從鋼筋混凝土的大廈到裝潢美侖美奐卻疑似海砂屋的華廈，從高貴不貴的蛋黃區奔波到離塵不離城的郊區，不能路衝不要無尾巷最好邊間採光，優質學區百萬裝潢溫馨成家，學校公園市場徒步五分鐘一卡皮箱入住，他房屋日夜晴雨和凶宅網各看一次，斡旋收訂殺價後比較銀行貸款利率，繳齊印花稅契稅土地增值稅規費書狀費後入住這幢老公寓。老房壁癌猖獗得像幅無色階的水墨抽象畫，油漆脫落如雪花飄散於地，浴廁的管線老舊滲水，敲掉格局重新裝潢並將三房改成兩房，僅預留一房讓小孩住，妻不想生小孩，她怕身材走樣怕妊娠紋怕漏尿。「你要花錢讓我抽脂嗎？」他內心琢磨老後不也如此並暗中複述一遍，裝潢的費用是妻先墊付的。新屋步行至捷運站十分鐘，早上六點半起床，賴床餘裕五分鐘，七點準時西裝筆挺出門。「吳建銘你快一點我要洗頭髮！」尖銳的吼叫從門縫間模糊地傳來，他擤掉鼻涕，拿蓮蓬頭將殘留在洗手台邊緣的尿漬沖掉。

比他晚起的妻已備妥早餐，不外乎燒餅油條或漢堡蛋餅，醬油漬美乃滋，麵包屑芝麻粒，沾附著蛋殼的荷包蛋，他面有難色地將殘留著些許蛋白的蛋殼撥開。女兒手握燒餅坐在桌子另一端，妻坐在他側邊，三人各自咀嚼口腔裡的食物與沉默。妻將頭上裹著的毛巾卸下，額前披掛著數綹濕漉漉的髮絲，她不習慣在廁所吹髮，覆蓋在鏡子上的薄霧讓她看不清鏡中的自己，抹掉水氣後的鏡子照起來雖有朦朧美，但鏡中反射出的倒影會顯老，他不解妻矛盾的話語也不以為意，他即具體她極抽象，女人一直捍衛著許多他深感困惑的堅持。妻放大音量對他叨絮著，吹風機轟隆的聲響干擾他們的對話。「妳說什麼？」他摀住哈欠。「洗手台上的鬍渣清乾淨，記得把牙膏蓋子關上，你尿完是不是都沒有沖水？」

他沒回話，夾起蛋餅塞進嘴裡，左手指尖往掌心攢了一下，早餐疲懶散漫，他也是。

他牽起睡眼迷茫的女兒與疏於保養已稍微龜裂的牛皮公事包離開餐桌，出門前先替窗邊的植物澆水，順著窗戶望向對面公寓的陽台，一隻拉不拉多犬正趴在陽台上酣睡，難怪大家都說真是好狗命，狗茶來張口飯來仍是張口，妻不打算生育時本來計畫養寵物，但他對貓狗都沒太多好感，狗過於黏膩貓太冷漠，愛貓的妻反駁貓是驕矜的動物，生性本來就淡然懶散，他卻覺得貓總是在打量人類會給牠什麼好處，索性便種了兩盆不冷不熱的白水木和琴葉榕讓妻打發時間，植物一翻兩瞪眼，餓了不吵食畢不排泄，僅偶爾會衍生些蟲蚋。昊昊在他身旁穿鞋，鞋帶綁得不甚順手表情有些彆扭，他蹲下幫女兒繫好鞋帶，將高低不齊的襪子拉至等高，妻上班的地點和女兒的學校不同方向，上班前帶女兒上學是他每日的首要任務，下樓，按開鐵門，從郵筒抽出數張鮮豔的廣告紙，附有扁薄包裝面紙的髮廊折價券與百貨公司化妝品促銷型錄，夾雜三兩張新成屋和房仲業的傳單，腦中靈光一閃，待辦事項原來是轉帳。房貸是男人的月事，他二十二年後停經。

出門後的他目光灼灼地與人偽善，別鶴立雞群，不必拔高後俯視一群雞。他案牘又勞形，家成未立業，時間一路筆直，生命日益峰迴與路轉，高血壓膽固醇和牙周病紛至沓來，輪番上陣的保險費水電費和各式稅單拉朽又摧枯地搜刮他，除了帳單準確記住他的姓名外，沒人記得他的全名，他是健民建明偶爾是健明建民。見獵不心喜，旁人的虛張都在聲勢，他心中有溝壑，跋涉山丘空谷回音，拒絕是他抵達的途徑，他的渴望就是其實他不需要，他最大的本事是不動聲色，少話是他的語言，以喧嘩的靜默代替言說。不提起亦無謂放下，能分辨假裝精光的蠢蛋和偽裝愚笨的明眼人，忽略出於善意的騙和出於惡意的瞞，這樣既不正確，但也不易出錯。他喜歡畫地限制自己，他不解為何書本總大聲疾呼要眾人捨棄披荊斬棘方抵達的舒適圈，他的父母都不是重要的人，他也只會是無關緊要的配角，沒晉升主角也未淪落跑龍套，現實中他驕矜又卑微，他是建銘他是賤民，並謹記在無禮的客戶掛上電話三秒後，才從嘴巴吐出低聲的咒罵，嘖。

而女兒比他更寡言，沒有同齡女孩慣有的聒噪，這樣也好，喋喋不休的人太多了。妻只想生一個孩子，最好是男孩，省得拚第二胎。日漸上軌的一胎化，獨生女和獨生子的後代不會有姨舅叔伯，也沒有姑嫂妯娌，遑論堂表甥姪，人情不必開枝散葉，不必互相探病送果，臍帶一斷便俐落得人清氣爽，情深義重只是負債，親戚間禮數的借貸總難以平衡清算。但世情哪能這麼便宜行事。

妻懷孕後，他心中除了殷切期盼新生命到來的緊張心情，更訝異於繁瑣的前置作業，所幸各種疾病的檢驗陸續過關，接連絨毛取樣、羊膜穿刺、德國麻疹抗體和母血唐氏症，等待結果時他憶起過往高中生物課觀賞過的猴子生產影片，侏儒身高的生物老師邊講解生物繁衍的起源，激動提起第二個兒子沒有遺傳到他的基因，此時投影片上的畫面進行到老母猴從臨盆母猴的肚中抽拉出幼猴，而後熟練迅速地扯斷臍帶並剝除胎膜，覆蓋著黏稠羊水的皺癟幼猴躍然眼前，他至今猶記得生物老師眼中驕傲的神情，彷彿自己便是經驗老道的老母猴。但他缺少產婆替人接生而積累的福報，畢業後隔年便因免疫力低弱併發先天性心臟病而辭世了。他當老師最大的目的便是教導孩童對侏儒的誤解，軟管發育不全與下丘腦生長激素不足，他常自嘲四肢短小下體更小，說完後哈哈哈，笑聲比誰都開朗響亮。

按時產檢不代表從此高枕無憂。妻在懷孕二十九週的產檢時血壓飆高，子癲前症，俗稱妊娠毒血症，當機立斷住院安胎。「嬰兒會有黃疸呼吸窘迫症視網膜病變或敗血症，如果胎盤過早剝離，嚴重的話母女只能擇一。」醫生操著沉穩的口音精確地講解各種專業術語，他心中惶惶然，腦袋飄進醫生刻意避開的死字。上週還偕同妻測胎動，隔著肚皮的胎兒沒太大動靜，伸手踢腿文謅謅，兩人相視而笑：「是個內向害羞的小女孩呢！」隔週他坐在待產的妻臥躺的病床旁，嚴重水腫的妻持續淚眼汪汪他勉強甜言以對，分娩時他在產房外踱來踱去，心急如焚地瞪著度秒如年的手錶，而時間依舊無聲地走得分毫不差。病房內外沒有機鋒或譏諷，只有唉嗚與哀憫。逢九不慶生，否極泰遲來，妻二十九歲那年剖腹生下九百餘克的女兒。那天是再尋常不過的一月四號，狂歡躁動的年尾剛褪去的一元復始，窗外鎮日的細雨斷續零落地沿著屋簷落下，如泣如訴滴答滴答。

中途不時有各方舊友致電詢問女兒狀況，對病情表達他已感到疲乏的關切與同情，幾次掛斷善意的電話後，他心中都有個微小但篤定的聲音，告誡自己別再勉強這段友誼了。味同嚼蠟的過往沒有必要重提，新的話題多半環繞著工作，他不想偽裝熱切關心誰的下落或誰跳槽到哪，畢業後十餘年過去，有人出家了有人出殯了，誰離婚了誰再婚了，大家都有各自的難關和難堪，落魄的打來要裝窮，發達的開口調度前先別急著跟他比闊，世情習於錦上添花誰在隆冬送你炭，這通電話讓彼此知道對方仍蟄伏在島上的某個他方便已足夠，他更厭倦碰面時的故作熱絡與閒聊後的無話可說，相濡以沫不如相忘於江湖。大家暗巷巧遇抽根菸，點頭後擋個火，風好大喔點不著，對話有一搭沒一搭，抽完各自再菸灰般紛紛飄散。

女兒出世後與接回家照料的那段時日，他記不清也不敢回憶了，日子在妻與母兵荒馬亂的對峙中緩慢前進，兩人齟齬和皺紋日漸俱增，他不想介入女人間的戰爭，恰巧公司適逢焦頭爛額的轉型期，便放任她倆挑剔糾正對方，從來都是女人在為難女人，各自向他抱怨時再告以些服貼舒坦的安慰。唯獨摩羯座的女兒怯戰，沉穩安靜得像個屏氣凝神的伏兵，冷眼旁觀與她無涉的婆媳之爭。女兒也並非真的寡言，牙牙學語時如常呀啊嗚啊，但對電話與門鈴的聲響毫無好奇的反應，幾次驚雷大作亦不見女兒臉上有驚嚇的表情，長輩無不讚嘆女兒的淡定沉著，他心中不無疑慮但旋即被排山倒海而來的日常瑣碎給淹沒。直到女兒兩歲時依舊構音不良，疊音的媽媽或乞食的ㄇㄢㄇㄢ喊得搖搖欲墜，他便牽著女兒返回先前頻繁進出的醫院，進行聽性腦幹誘發反射檢查。在診療室外等待檢查結果時，他啃咬著指甲排解久候的憂慮，望著日光燈掩映投射下的慘白長廊，交談和鞋跟的回音此起彼落，焦急的恐懼伴隨著刺鼻的消毒水味襲來，他討厭進醫院，諸多繼往開來的新生與更多前仆後繼的亡滅，欣喜的盼望與悲慟的缺憾並陳的弔詭場域。醫生推門而出，維持著熟悉的扼要措詞與疲倦表情，優耳聽力損失達九十分貝以上，極重度聽障。禍會多雙行，他交環身後的雙手微微顫抖，緊握住被啃掉快半截的指甲往掌心使勁一握。手邊當然沒有七龍珠或神燈。

母親對妻生下聽障的女兒很不能諒解，認為孫女被莫名的魑魅魍魎煞到，一家老少曾到住家附近的傳統宮廟請示收驚。廟宇藏匿在人煙罕至的無尾巷內，門扉大開，數十信徒雙手合掌散坐在尋常民家的客廳裡，氤氳繚繞且滿室生香，神龕旁有一名女助手，她將被酒噴灑的令旗交予乩童，他左手執黃旗，右手揮玄虛，表情時而肅穆時而虔誠時而瞭然透徹，雙腳踩踏著不規律的步伐，來回察看審視，嘴巴念念有詞恍若正通達天機，他身旁的法器架上豎立著七星劍、狼牙棒、鯊魚劍，不時更換著劍棍在徬徨的眾人頭上虛晃，彷彿玄妙的天啟他再三拜請神明後皆能參悟，運命生死與虛空禍福終究是南柯一夢。他懸起蘸滿殷紅墨水的毛筆，虎虎生風地在黃符紙上撇捺著歪斜咒語，寫畢信手一撚騰至燭上，燃燒殆盡後將灰燼倒至女助手端捧的碗盆，分送給來者一飲而盡。他從不過問蜂擁而至的信眾任何原委，不論是化災解厄或定魄制煞，在他的地盤他就是神諭。

「都什麼年代了還這麼迷信？」外省家庭出身的妻始終站在門口。

「每個人都有自己的信仰。」

「那符水看起來好髒！」

「妳在外面的餐廳都不知道吃幾隻蟑螂腳下肚了。」

「你說什麼？」

「妳的理由都是苦衷，別人的理由都是藉口。」

「你怎麼比妳媽還囉嗦？」

「妳們女人才碎念。」

「剛好生個啞巴女兒給妳！」妻氣憤的鞋跟踩得比嘴巴還響。

「她不是啞巴只是聽不太到。」他接手妻遞過來的女兒。

女兒也不是耳聾。但他仍得查詢啟聰學校的地址，他發現地圖上的上班地點在家和學校靠近中間的地方，順手拿尺一量，三個地點不偏不倚地連成一直線，他眉頭上揚驚訝路線的巧合，他就像自己從小便有莫名好感的火車，這三處將會是他未來生活圈的停靠站。

他回憶首次搭火車回鄉下奶奶家的場景，候車時他按捺不住心中的雀躍，手中握著淺藍色硬卡紙式的車票，躍上每個車站皆停靠的普通號，普通號就像印度種姓制度的最底層，靠在月台邊等候自強號、莒光號和復興號通過了才能行駛。車上有乘客將兩排綠皮座位轉成對向，面對面閒聊或打牌，老舊的電扇喀拉嘎拉地轉出熱風，車上長者腳邊擱著竹簍和扁擔，蔬菜和泥土濕潤的芬芳蔓延開來，白駒過隙歲月如梭，老叟駝著身軀隨著不規律的顛簸打盹，車廂晃盪一如步入夢境的搖籃。他將窗戶往上拉，和煦的風不斷從岩層溪澗與枝椏樹梢的縫隙間匯聚而來，他歡愉地趴在窗沿像條久未出遊的狗，窗外是陸續撤退的群樹和電線杆，間歇夾雜著平交道跟山洞，更多的是不易覷見的蟲聚與鳥散。孩童時他是遊戲的操控者，但隨著年紀漸增，他卻被生活上單向行駛的路線給制約住了，他擔憂萬一某天自己也像普通號般停駛，女兒的終點站將會是何處？

晨去暮來年復一年，馬齒徒長的他便明瞭所有人的終點站其實都一樣，有生在世大家都與眾相同——人生不過是場悲劇，而且還必須盡力演成喜劇。他沒有閒暇虛耗在感傷的情緒裡了，從醫院返家後他便著手申請殘障手冊與補助，拍大頭照時攝影師大喊著不要動喔，他心中琢磨女兒聽得見與否的同時，並在一旁奮力揮手吸引她的注意；配戴助聽器前先製作耳膜，一天讓她戴上數回先行適應耳邊往後將有外物，女兒溫順如昔毫無任何反抗，但此時的乖巧卻比任何乖張更令人感嘆。助聽器的種類分為耳道式耳內式耳掛式，細部功能不外乎聲音定位、降噪系統、消除雜音；孩童的耳道尚在發育，僅能選購最顯而易見的耳掛式；助聽器不過是耳朵的奶嘴，差別只在於是膚色以融入聽損者的雙耳。此外尚有人工電子耳的選項，先前醫生解釋電子耳即電子耳蝸，講解完眾多優點後望了他手上的山寨進口錶，比了個七的手勢時他以為費用是七萬，而後醫生緩緩脫口而出是七位數，政府補助三十萬亦即自費約七十萬，洗三溫暖般的七七七並未讓他蒙受幸運，步出醫院後便扯下充胖子的手錶，往停車場旁散生的雜草叢砸過去。

每個人都有自己的信仰，妻在知悉女兒是聽障後便開始上教會，他沒有跟進但他尊重任何形式的宗教，他要等到靈魂出竅的那一刻才決定他要追隨誰。女兒五歲時，妻假日便千里迢迢帶女兒至內湖的聽障基金會上課，進行學前的聽覺口語教學，基金會同時也安排讓家長參與的課程，例如聽損兒的社會福利資源和聽能復健管理等。上完課後她便暫住在東湖的娘家，隔日清早便帶著女兒上教會做主日禮拜。自從上教會後女兒便開始做噩夢了。她總在半夜驚醒，先是沒來由的大喊哭鬧與踢被擲枕，倦了便坐在床邊低聲啜泣，妻追問她夢的內容總是無語，以女兒的口語能力八成也表達不出夢境的兩成，理由不鳴，像隻受驚的獸，蜷縮在妻懷中嗚咽。難道多夢也會遺傳嗎？夢的普遍性共識為反映內心被壓抑的渴求和慾望，他想不透五歲的小孩會有什麼壓力可言，女兒聽力雖不靈光，但全家人毫無保留給她竭盡所能的體貼和愛，雙耳亦隔絕外界的流言蜚語和指點批評。先前仍興奮期待即將到來的入學日，他早已添購一個佯稱聖誕禮物的嶄新書包，女兒將費心挑選的筆尺和橡皮擦塞進鉛筆盒，整理完後仰著小臉要他轉告聖誕老公公，她希望明年的禮物是一對不再悶熱與氧化的助聽器。「把拔，什麼是鈔零袋？」「鈔零袋是阿嬤用來裝鈔票和零錢的袋子。」他放慢速度，講得字正腔圓。速度放慢，仿音後的女兒也會講得字正腔圓。

妻認為女兒只是上學前的彆扭，並強調教會的牧師對懂事的女兒照顧有加。妻不懂他的悲觀，他不懂妻的樂觀，妻是從不聽語音指示直接按0或9轉專人接聽的直爽個性。粗枝大葉的她替女兒簽保單時不過目契約條款和法規，並在受益人處簽下女兒的名字；妻也不看他人臉色細微的起伏變化，獨生女的她自小養尊處優，缺少察言觀色的培養和環境；妻走路也不會警覺紅綠燈轉黃燈時的緩衝，依舊走得慢條斯理，她靠恃汽機車行車必須先禮讓路人，一回被搶黃燈右轉的司機撞上，腳裏石膏負傷在家躺了一個月。更糟的是女兒開始磨牙說夢話，夢境和現實情節相反，她在夢中無語，在現實生活中能侃侃而談嗎？不對，不應該是這樣，他抹掉細節，重新來過，去脈前必有來龍，肯定遺漏了什麼蛛絲馬跡，他腦中浮出一幕似曾相識的既視感。女兒半夜哭鬧讓家中陷入更多的爭執，妻意猶未盡他意興闌珊，妻口沫橫飛他口乾舌燥，夫妻床頭吵床尾也吵。

有什麼好吵的？什麼都可以吵。妻希望女兒就讀啟聰學校，覺得女兒就讀一般小學會被同學排擠，他卻認為國小學童尚不會有排擠的行為，查詢之後發現啟聰學校在大稻埕附近，下了捷運後仍要轉車，距離他們住的淡水車程超過一個鐘頭，妻的公司在八里，接送小孩上課將成為他往後每天的差事，先南下再北上到他位於士林的公司。母親再度加入戰局，私下向他告誡妻不該如此頻繁回娘家，妻假日兩天都不在家，買菜洗衣清掃居家等家事皆落在母親的肩頭上，妻表明娘家的日常瑣事也是他的岳母獨自打理，他抽空也該分擔家事。妻希望他能辦理房貸增貸，她想讓女兒進行電子耳的手術卻不提費用分擔的部分，貸款是一家之主的他獨自負擔。「當初不是叫你別買車？進市區的路這麼塞你還不是只能搭捷運？」「當初不是叫妳懷孕時別穿高跟鞋？妳如果自愛一點女兒會早產嗎？」「哭衰的喔那我要去哭給誰看？」妻哭了，和女兒輪夜落淚，她們曾約法三章不許在女兒面前發生衝突，拔掉助聽器並熟睡的女兒無從聽見爭吵的細節。婚前兩人少有爭執，如今家如果是溫暖的避風港，陽台便泊滿妻的鞋子。

他與妻從大學相識至今，彼時他們正值青春，擁有蹉跎掉也絲毫不感到虛擲的奢侈下午，一起走過筆直的街道，徬徨天真的年輕氣盛，妻踩著風姿綽約的高跟鞋，沿途略過發傳單排水孔和檳榔渣，步行得再遠她也不會喊腳痛，他們並肩走很多路，躊躇滿志天遼地闊，荷包乾癟而苦中作樂不值一毛錢。兩人皆嗜風，徐來的清風從妻的髮梢掠過，順著半透明的鎖骨而上，沒有凜冽沒有蕭瑟，再不著痕跡地拂過妻肩頸白皙的弧度，衣袖晃蕩如舞，妻轉身後風倏忽而下，掠過手臂後吹散指尖上一縷縷飄忽遲疑的煙，迤邐的煙如一幅秀逸飄渺的潑墨山水，而後隨著逐漸退隱的黃昏一同散逸在空氣裡。他對結髮十年的妻有種費解的情感，不是愛，更不是恨，也不是不愛不恨。應該愛比恨多一些，他臆測妻對他的態度也是如此，這些他不會提起妻亦不曾明說；有時恨會多於愛，當他在餐廳用餐完畢後抖著腳用手剔牙時，但餐廳其實並未提供牙籤；當妻又重複購買相同的衣服時，而另一件仍原封不動躺在衣櫃深處。他堪稱是個好丈夫，婚後多年他已能理解裸色不等於肉色，知道粉餅和蜜粉是不同的化妝品，但仍舊無法分辨BB霜和CC霜的差別，也不了解如何計算女人月事的安全期，女權風氣高漲下當然打不還手罵鮮還口，生完女兒便悉從妻便，結紮後也絲毫不感到懊悔。

黃昏的街景眾聲喧嘩，像一壺燒煮的開水，車陣代替鍋子鳴笛，城市始終停留在熾熱滾燙的沸點。他忘記帶鑰匙了，早上閃躲妻的質問匆忙出門，比妻早出門的他不需上鎖，所以他常把鑰匙遺留在家裡。妻帶女兒至助聽器公司進行儀器保養，他呆望著電鈴旁的公告欄，角落黏著三兩張開鎖的小廣告，拿出手機時發現沒電了，也想不起住家附近何處有投幣式電話。他抬頭望著公寓外的牆面，某一塊外牆的二丁掛磁磚脫落殆盡，數根生鏽的鐵杆突圍岔出，磚縫裡爬滿雜草野花，散落的堅韌不拔；牆外垂掛著張牙舞爪的電線，沿著建築物不斷延伸，將天空切割成形狀各異的塊狀，胡亂翻飛的鳥禽點綴性地嵌在天際。他家就在這一排灰撲撲建築的某棟公寓的五樓，公寓毗鄰捱湊著，有時他在後陽台扭轉瓦斯總開關時，另一端的張奶奶正在洗滌衣物。兩棟公寓間下方是逼仄的防火巷，偶爾尿急時他會在巷內小解，一回被一樓開後門潑水的陳婆婆撞見，她曖昧地瞟了他一眼旋即帶上門。三樓的王伯伯左手提著垃圾右手拎著滴著湯汁的廚餘下樓，打聲招呼後他便氣喘吁吁地步上頂樓，扭開厚重鐵門，迎面吹來的微風讓他起了哆嗦，地上鋪著他補強漏水的釉綠色油漆，頭頂上加蓋著豬肝色的鐵皮屋頂。他斜倚在女兒牆小憩，被夕陽渲染的霞雲在觀音山腰際盤桓，遠處滿城鋼筋水泥的建築燈光錯落，沿著淡水河而棲的新落成大樓，屋內亮燈的比熄燈的比率還高。他和所有在都市謀生的人都被壓縮在鐵窗或氣密窗內，各式房屋像緊密並排的蜂窩。

夜晚陡升白日突降，一陣睏意隨著間斷的哈欠進攻而來，他索性便四肢一攤躺平在地上，卻不敢闔上雙眼，深怕一不小心又誤闖夢土，頹喪的眼皮卻敗兵般頻頻撤退。他看到清淺的月亮掛在半空，依稀瞥見在夜色掩護下的寥落星斗明滅閃爍，而他與妻看不見的是，自己精疲力竭的雙眼半掩，充滿血絲的眼神已無野心的渴求，而是透出揉雜著憤怒遺憾與無奈的渾沌，他的思緒藏在眼睛後端，光線透不過去，他雙手搓揉臉頰想舒緩疲倦，但遞補上來的仍是倦怠。更貼近事實的真相是他的心中有塊畸零地，那裡一片空蕩，沒有太陽和樹蔭，缺少微風與落葉，荒蕪的百廢待舉與雜草蔓生。而最核心的那一塊則是抗拒，不曾獲得便無謂失去，不期不待，年輕時他便質疑世上哪來這麼多風花海誓雪月山盟，日常生活盡是油鹽和柴米，蔥薑與椒蒜，誰給你戀人絮語。夜涼如水，尖峰時刻的繁忙車流已消散大半，只剩某處後陽台傳來鍋鏟煎炒的窸窣聲響和零星的窗戶開啟碰撞，一日的忙碌奔波讓他好想直接入眠，眼皮便無意識地緊閉了。無罣無礙，歲月靜好，他步入久違的深沉夢鄉。但他沒有察覺眼皮反常地直跳。幅度和節奏像他喜愛的跳跳糖，大規模的顯而易見，小規模的包藏禍心，而他沒有足夠的經驗和智識看穿伯背後一目了然的動機與邪念。伯拿出一包跳跳糖便誘拐了他。

進來，這是伯開頭的假託。語氣急促，聲如洪鐘。伯是刀俎，他為魚肉。

暗渡陳倉，伯破敗老舊的房屋瀰漫著一股久聚不散的霉味，戲裡串戲，空氣中有不協調的韻律和極緩且慢的靜默在流淌，圖窮匕見，伯熱切貪婪的雙手順著他的腰際而上，褪去他的衣物與僵硬的羞愧，伯有些緊張但絕非生手，應已收山一陣子卻猶老驥伏櫪，撫在他光滑的背上，服在自身的慾望之下。伯的褲頭悄然褪至膝下，異物，霎時的侵入，短兵相接，伯起初軟硬兼施如今讓他吃軟不吃硬，他含蓄地含著，諸苦燒身五蘊熾盛，無火之焚，不見烈焰與炊煙，而他是濕柴，黝黑且膨脹抖動的蛹連同叢生的髮絲長驅直入，伯沙啞的聲帶發出成串鏽跡斑斑的低鳴，時間在無盡的喘息和纏繞間裹足不前，伯包裹在內裡的幼蟲蟄伏已久，它要羽化他要登仙它要破繭他即將而出，一股腥羶的白漿隨著斷裂的嘶吼溢出，畫過數條混亂的拋物線後，雜沓滴落在他的肩胛骨上，而後孵化而出的成蟲又顫抖地進入他溫濕的口舌流連。輪到伯坐在床沿，拉著他的手順勢扯下他的褲頭，伯的辯護是他自己脫的，半推半就下他便成為這場褻玩戲碼的臨演，伯粗糙的雙手在他光滑的臀部搓揉逡巡，他沒有抗拒，無法反擊，不教而殺謂之虐，他不求蛻變更乞求作繭自縛，伯熟練地舔舐逗弄他蠶寶寶般慘白綿軟的下體。伯語中無話他欲語還休，伯如鯁在喉他掩耳盜鈴，伯項莊舞劍他暗夜行路；意識的扞格流沙般緩慢塌陷，伯是矛他是盾，細碎的沙粒從他指中之隙漸次滑溜而散；色不異空，空不異色，色即是空，空即是色。一波波錯置的空白和癢麻的酥軟從鼠蹊周圍隱約擴散，悠緩濃烈地移花接木復生藤竄葉，骨頭快化了，生澀犬馬難以擷抗色衰礙遲的伯，他淚眼婆娑雙拳緊縮，玷汙在無聲無息中持續染指。靜默四濺之際他的意識右顧左盼，靈魂從耳中悠晃至半空隔岸觀火，旁觀者清當局者濁，假作真時真亦假，無為有處有還無，似近實遠，若即若離。最後他撒尿在伯的嘴裡。

失禮，這是伯結尾的翻供。聲調微顫，細若蚊鳴。伯喜拾荒，他是敝屣。

夢境總在不該到來的時候降臨，在不該結束之際驚醒；該上演的時候怯場，該收尾之際拖棚。他不確定這是不是一個結束得恰到好處的夢，也不知道這場無妄之災是否是他噩夢連連的開端，失眠的夜長夢便多——夢見在柏青哥拉霸轉到千載難逢的七七七，螢幕上並非三個七而是三塊鮮嫩欲滴的速食店炸雞，掉下來的亦非錢幣而是為數眾多的炸雞，他邊啃邊吐，連皮帶肉的骨頭在腳邊堆疊成一座骨塚，而雞腿雞胸和雞翅仍源源不絕地掉落；夢見自己在屋宇間飛簷走壁，官兵捉強盜，在後方追跑的陌生人持續攔截吆喝與大氣不喘，他矯捷身手躲避來勢洶洶的追趕和撲敵，最終走投無路且手無寸鐵的他一躍而下，在觸地的前一刻瞬變成烏鴉突飛而去；夢見房間置中擺放著一張床，他躺在床上輾轉反側，尿急欲如廁，要下床時驚覺地上盡是毒蛇與螃蟹，尿意比情節更緊迫，他急得比鍋上的螞蟻還熱，所有的夢鄉慣常不響一聲，蛇蟹唬勢眈眈，他豐富的做夢經驗讓他知曉這僅是另一場夢，他早已練就任意轉置替換夢境的功力，別嚇唬我了。夢在適當的時點戛然而止，這回脫離夢境後的他如常汗水淋漓，下方一股濕熱，他又尿床了。他晦澀詭譎的夢時常在嘔吐時常在逃離更時常聚焦在惡貫滿盈的生殖器，魂不守舍的他躺在床上難解虛實，往牆壁猛力一搥，讓在夢境與現實的邊境遊蕩的意識抽離，而後再度闔上雙眼，盼能否夢到佛洛伊德前來替他解夢。

夢不必解，何況他有成千上百萬花筒般閃耀著情節各異的夢。事後他的餘生不變，轉變之中尚有其他無形之物衍生。初期偶一為之的記憶重現仍會使他動彈不得，癲狂的解離感從背脊底部直竄而上，憂慮患病的疑懼繚繞，身體的關節都在攣縮絞轉，如一具沒有魂魄與思緒支撐操控的傀儡，延宕在舞台的半空懸而未決，他終於升格為主角了。逃離恐慌的途徑有許多形式——直到虎口被掐到毫無知覺後，他便擰布滿神經的大腿內側，用被他啃到快剩半截的指甲，扭轉時指尖亦隱隱作痛；如廁後洗手，肥皂總洗不淨骯髒的皮相，便順手拾起清理洗手台的鋼刷，湊合地刷洗至皮綻血滲，再倒上決絕的酒精徹底消毒；面對熙來攘往的人群他總感到有股栖惶的窘迫緊掐住五臟六腑，便雙手交握於身後，指甲朝掌心奮力一壓。慾望壓過來時，他偶爾會爬到妻的床上，他們並未分房睡，雙人床上只擺了一張單人床墊，彈簧床的彈性會讓他連結過往如坐針氈的齷齪記憶，他硬時滾軟床，軟時回硬床，翻滾的次數屈指可數，廝磨時妻耳鬢的口感像他厭惡的黑木耳，夫妻之間性的航線一旦偏離，波濤和暗流便是各自洶湧。弦外之因後他碩果僅存，出門後的他只保持最低限度的人際往來，時日一久就不會緊張，沒有感覺，有些情緒結成小石塊，在他體內不斷往下沉，噗通噗通，一些情緒飄忽如棉絮，在水面上沉浮，蜻蜓點水式的波紋不興。他從來不哭，淚水一向不是男人的武器或籌碼；他也不怕黑，他就是黑暗，讓黑引領他匍匐彳亍於光明。

當週他便和妻女進了教會。做禮拜時牧師談笑風生地講述著教友們信神後的改變，台上台下一片和樂融融。而後牧師替一對貌合神離的夫妻受洗，尷尬的氣氛直轉而下變得莊重嚴肅，牧師複誦著瞭然於心的禱告。「受洗你們要去使萬民作我的門徒，奉父、子、聖靈的名給他們施洗。凡我所吩咐你們的，都教訓他們遵守，我就常與你們同在，直到世界的末了！」「神造人是為了彰顯祂的榮耀，結果人沒有彰顯神的榮耀！」「我奉主的名封住你的嘴！」「人有七原罪：驕傲、憤怒、嫉妒、貪婪、暴食、慾望、怠惰！」「鬼魔我奉耶穌基督的名命令你說出名字！」「願失明的看見，跛腳的行走，痲瘋的潔淨，耳聾的聽見，死人復活，窮人聽到福音！」耳聾的聽見。這句話鑽進他的耳膜與女兒的助聽器後，他便無心留意前方進行的任何儀式了，他內心感到一陣無端的惶惑。按照生物老師講述的達爾文的演化論定義，人類不是由猴子演化而來嗎？所以神在世界上頭與世無爭的某處蹺著腿，冷眼旁觀祂創造的芸芸眾生受苦，折磨人類的同時也讓信徒歡喜讚嘆祂的慈愛？所以擁有永恆這個籌碼的祂，其實也只是被迫於像持續膨脹的宇宙般，宿命且孤獨地往邊界更遠的後方不斷延伸？

行禮如儀的受洗結束後，牧師和教友寒暄一陣後，便步出門外往禮堂旁的小巷鑽去。狹路相逢，大家暗巷巧遇抽根菸。「牧師您好！我是昊昊的父親。」自介完後他覷見牧師的眼神與心跳漏跳了一拍，牧師嘴邊啣著菸，手仍停留在搜索打火機的口袋內，他今天沒有要擋火，不假思索一拳便往牧師的臉上揮去，以他搥打牆壁的力道，這張道貌岸然的臉比牆壁柔軟多了，滾落於地的香菸翻了兩圈後滑進排水溝，牧師悶哼乾咳了幾聲，一個踉蹌往身後牆頭爬滿翠綠青苔和玻璃碎片的矮牆跌仆，摀著斷裂的鼻梁和汩汩而出的鮮血，連爬帶滾往巷內裡邊倉皇逃離。夢中他總是被追趕的對象，而今敵我易位，他快馬加鞭地狂奔，從後頭拽住胡亂揮舞的手臂，揪起潔白硬挺的衣領，惶恐的牧師囁嚅著不成問句的詞語，他沒空也沒想回嘴，怕髒了嘴，心跳與眼皮多跳了一拍，不由分說往牧師慘白的臉補了幾下飽滿的拳頭，冤冤相報才能了，昊昊每天罵罵嚎，他長期被迫籠罩在壓抑糾結的情緒裡，絲毫無法消除內心深處無以名之的歉疚，眼前有個唾手可得的發洩出口，睚眥俱裂的他要連本帶利討回，對命運的問號跑到牧師那邊去了，牧師滿臉混雜著狐疑與驚恐的表情，胳膊護頭瑟縮在牆角發抖，他猛踹兩腳後啐了牧師一臉口水。他不渴求任何賜福或恩典，拿人手短，手伸長，把糖砸回去。

沒有英雄沒有王牌沒有救世主，且幸運地免於旱災和恐怖攻擊的我們，活在一種比想像中更為貧乏的當下，等綠燈等闖黃燈等紅燈右轉，繞過強迫推銷繞過道路施工繞過老舊冷氣落下的滴水。等不及如廁的妻推門出來，一股鬱積的悶氣宣洩而出後他便牽起女兒離開教會。他沒有錯，對加害者的寬容即是對受害者的二度傷害，妻是這樁犯罪的共犯嗎？他暗忖該對妻坦承抑或隱瞞，但沒有身歷其境，如何憐憫，缺少悲憫，感同身受都顯多餘。川流不息的車輛從兩人身旁呼嘯而過，他低頭看著女兒，她的眼睛彷彿看不到盡頭的隧道，黑暗裡沒有光，裡頭毫無車輛與拐彎，他依稀從眼球上瞥見自身忐忑的倒影。父與女，不可逆的血緣和羈絆，夫妻能分飛，情侶會訣別，親族少往來，唯子嗣無法切割，他和她往後要唇齒相依了，誰跟他同悲共喜。返家時巧遇四樓的李太太，告誡他女兒夜半的哭聲會干擾她的睡眠，他頷首無語便逕自上樓，人與人間實在沒必要緊密往來，如果人際的齒輪會卡住彼此，與其推擠或試探不如就彼此離遠一點。

進門後他把鑰匙放在玄關櫃上的小盤，旁邊女兒滿月時一家三口的合照映入眼簾，他笑得意氣風發，妻與女兒強顏歡笑，當年微笑的表情似乎在譏嘲一家命運多舛，表情都固執地稚嫩到現在。他和女兒並坐在沙發上，周圍是他胼手胝足拚搏來的心血，有人譴責漫長的生活是種吞噬，他卻不以為然，認為這不失為一種庇護，他花費諸多寶貴時間才鋪好這條安穩的軌道，過了某個階段的年紀後，人們便會感謝規律帶來的安定。他一身疲憊好想沖個澡，進廁所前他警覺地瞄了女兒一眼，這是她做噩夢後兩人首次共浴，她毫無任何掙扎的排斥或警戒，方牽女兒步入廁所。她一臉旁若無人的神色，慣常自行脫掉衣褲，扭開水龍頭，他望著嘩啦嘩啦的熱水傾洩而出，脫衣時眼皮順著摩娑過的領口多跳了一下，他命令她張嘴吐舌，只見赭紅一片不見舌苔孳生，他解扣脫褲，並卸下女兒剛配戴不久的新助聽器，她表情愉悅透出天真的笑靨，像頭不畏世事且無傷無痛的初生之犢。他胸腔一股滿溢欲裂的忿恨如洩氣的氣球般漸次消退，廁門虛掩，他從不緊閉身邊的門扉，與陌生人共處在密閉空間的緊迫如芒刺在背，他總想逃離卻無法衝破無邊無際的焦慮並被情緒的黑洞牽引吞噬。他從門隙向外窺視，門外毫無人影，遂按壓瓶罐壓頭，孔內瞬間噴射出過量的沐浴乳。他早晚都洗澡，仔細刷洗身上每個殘留過往的皮肉與夾縫，卻除不去被狎弄的臀部被吮吸的胯下之間的不潔與不快，搓掉的是汙垢與誣賴，總有某個瞬間比任何時刻都了悟，心思澄澈，不用任何解釋，誰都不必告解。他怒吼一聲雙膝一跪哽咽一噎定力一拳，五味交雜著百感，分不清是慶幸還是憾恨，上帝從牧師口中聽見父女倆聽不見的祈禱了，他會替自身的罪孽向祂懺悔，並感念祂手下留情的赦免。樹倒猢猻散，妻女是猢猻，他沒有倒，勉強能與命運平起平坐，他將逐年增生厚實的樹皮與年輪，他不能倒。

女兒聽不到他吶喊和搥牆的聲音，背對他把玩著鮮黃色的浮水小鴨，潔白的身軀潔淨無瑕。生住異滅皆是過眼雲煙，捱過飄搖的風雨後終會抵達彼岸，他會竭力將她從亂中無序的浮世隔開，一如琥珀裡不受驚擾的蚊蟲蟻蠍，凝結在樹脂裡抱殘守缺。但他淺薄的覺悟能過渡他與她的悲涼身世嗎？凡事只待因緣不得強求，世間道阻且長，重點是他再也不是懵懂無知的孩童了。他微抖的手擠出所剩不多的牙膏，站在女兒身旁張嘴刷牙，鏡內堅硬筆直的牙刷在他口中裡外進出，刷舌頭時他常拿捏不準力道，有時過度用力會反射性地嘔出胃酸，偶爾刷得表皮破洞或滲血，一口腔刷除不淨的病菌與菜渣，囝仔人有耳無嘴，他多不想擁有這張曾口齒生精的嘴，只想當個對自己和無常反覆說謊的啞巴。他永遠記得第一次吃山藥時，咀嚼三兩下後他便拔腿衝進廁所，那被他刻意淡忘卻深埋在腦海中，既模糊又熟悉的黏稠回憶立馬湧現，他癱坐在地磚上環抱著馬桶，不可遏抑地嘔吐，吐出尚未消化的食物渣滓吐出流年不順與封存事端吐出他的大破後何來大立。難怪他的舌苔總是這麼多，怎麼刷也刷不乾淨。

文俊

用槍時機：當生命身體受暴行脅迫，非使用武器不能抵抗或自衛時；群眾暴動，非使用武器不能鎮壓時；所警衛之人員、物資車船航空器受危害脅迫時，非使用武器不能保護時；因防衛駐守之土地、場所建築物受襲擾或擅闖經警告仍不聽從非使用武器不能制止時；要犯逃脫非使用武器不能制止時。

處在敵我對峙的危急時刻時，這些準則是記不住的，當歹徒或毒販躲在某個未知的區域，亦埋伏在對方視線死角時要眼觀四面耳聽八方，嚴禁打噴嚏和咳嗽，此刻需凝神屏氣，切記關掉手機，任何靜音都可能隨時響起死神的協奏曲，槍戰始末的時間沒人能掌握，不論是單槍匹馬或有優勢警力，亦不論對方的火力強大與否，一個風吹草動便會隨時引燃火拼的局面。用槍八大要領，托、抵、握、貼、瞄、停、扣、報，簡言之拔槍開保險後閉上左眼瞄準，將準星和照門瞇成一瞄準線後擊發，高速旋轉的子彈在穿過身體時，所經之處附近的空氣會急速膨脹，形成一個空腔並擠壓周遭的器官和組織，所以子彈正面打進去是小孔，竄出後會擴展成一個窟窿。

子彈飛向哪沒人說個準。打進腦袋通常凶多吉少死亡率最高，在你還來不及反應發生什麼事還感受不到痛覺，巨響一聲伴隨著眼簾一黑，子彈穿過丘腦和海馬體後，意識便戛然停止；擊中四肢會伴隨著一陣麻痺的灼燒感，慢一拍的痛覺接連湧上，打在骨頭上往往是粉碎性骨折，中彈者意識較為清楚；腹部中彈若傷及主動脈會大量出血，一旦波及器官，加上腹膜神經密布，橫膈膜上下移動讓傷者光是呼吸便疼痛不已，遑論步行或翻身等動作。防彈衣能減緩中槍時的衝擊力道，但子彈會從各種異想不到的路徑躲開防彈衣與盾牌的庇護，可能是腋下也可能是跨下，與歹徒狹路相逢時，不論是在暗巷或窄路，光天化日或三更半夜，子彈會飛向哪就端看反彈的角度和上帝的安排。

一回在車上等待攻堅的空檔，鹽水出身的學長說元宵故鄉放蜂炮時有個習俗，將成串的蜂炮扔進鄰居家代表祝福之意，蜂炮會子彈般在屋內來回飛竄，一回不小心將鄰居家的神主牌撞倒，鄰居上門來告狀，返家後他被修理了一頓，講完兩人對視而笑。鹽水學長又提到他小時候就懂得用槍了，拿ＢＢ槍掃射老家旁樹上的木瓜，神奇的是，時間一久被射穿的孔洞竟然會癒合，鹽水學長以為神不知鬼不覺，後來被剖了木瓜的阿公發現魚目混珠的異色種子，那次還是又被竹枝修理了，對看的兩人又笑得更開了，恁老師咧！

雙眼盯哨的攻堅空檔就是喇屎發呆或回憶往事，通緝犯和毒販的歸巢時間毫無規律可言，短者幾天長則數週，他們有時狡兔三窟會周旋在好幾個姘頭之間，有的人甚至連手機都不用，避免警方衛星定位就更難捉摸了。現在監視器雖鋪天蓋地，堪比便利商店般密集，訊息組調閱監視紀錄找尋嫌犯的蹤跡亦相當便捷，但狡猾的嫌犯比女人的心思更難捉摸，易容換裝有的人還會整形。現今詐騙橫行下許多犯行都是數位謀面，線上博弈或電信詐欺，連外出都省了，什麼都在變的時代只有人性的貪嗔痴未曾改變，也許有朝一日，歹徒連DNA和指紋都能造假，這點他倒不是太擔心，那是鑑識組得應變的難題。

今天查緝的案子是毒販，他們已經坐在車上超過八小時，毒品需面對面交貨故仍是刑警追查的大宗。他和鹽水學長分別坐在正副駕駛座，他從貼著隔熱紙的擋風玻璃望向天空，陰雲密布感覺快下雨了，雖然偵防車停在樹蔭下但天氣有點悶，他將厚重的防彈背心脫下，置放在腰間和椅背的空隙間。對滑溜的歹徒來說，群山多雨的汐止是新北市最適合藏匿的寶地，四處都有蜿蜒的山路蚊香般盤桓上山，偶爾雲霧繚繞如煙霧，利於逃跑的岔路與久無人居的空屋亦不少。類似環境還有更北邊的金山和萬里，但東北季風會吹得人偏頭痛，汐止離基隆也近，方便去吃海鮮或開番找粉味。

鹽水學長：「疫情這樣搞，酒店夜店和KTV都關門了，還是有人要買毒！」

他回：「買去用在私趴吧？」

鹽水學長：「有時想想這麼辛苦工作幹麼，每天公文吃到飽，賣藥仔撈一票這輩子就穩了！」

他沒回話，想起一些所內關於鹽水學長的傳聞。

鹽水學長：「埋伏起碼比面對死老百姓好，ATM吃卡或沒帶鑰匙打一一〇，是要打給銀行和鎖匠啦！當我們許願池喔？這種刁民我碰一次譙一次！」

講完鹽水學長打了一個大大的哈欠。

他問：「學長你值勤多久了？」

鹽水學長：「你沒問我都忘了，超過三十小時，最近專案績效不好，我先瞇一下。」

鹽水學長將椅座放低，雙手抱胸腦袋一歪入睡去了，他順手把廣播關掉，把開了小縫的車窗搖上隔絕車外的噪音，車停在杳無人煙的產業道路，一路只有零星的車輛或當地居民騎機車經過，除外就是夏末依然鋪天蓋地的蟬鳴。剛剛廣播裡一則插播的新聞快報，說一名教誨師在監獄裡被收容人持刀殺害，還強調這是全台首例，他覺得真是荒謬，教誨師執行勤務時也許該穿上防彈背心，不然有些罪犯在監獄裡還是能繼續傷天害理，起碼要有獄警在一旁戒護。但想想也要輪班的獄警應該也是編制不足或流動率高，肯定百密必有一疏，再想想如果人間如果真能太平盛世，他也就失業了。

跟監時最適合胡思亂想打發時間，有時他想萬一失業後能做什麼工作，不少離職的同仁會去考監獄管理員，考試不外乎刑法和犯罪學等科目，面對的雖是窮凶惡極的犯人，但至少是被關起來管束的老百姓。他警大畢業後從警十餘年，長期輪班生理時鐘早已停擺，睡眠時間被切割得凌亂，導致淺眠多夢易醒，醒後精神又時常渾沌恍惚，休假多是補眠卻感覺永遠睡不飽，脾氣也日漸暴躁，面對各種突如其來的驚險狀況，總不能一直當沒見過世面的溫馴菜鴿，終年和歹徒近身搏鬥，輕者拳打腳踢刀砍傷疤算是家常便飯，重者骨折腦震盪被車撞，他倒是還沒中槍過。每年年初他都會去龍山寺求平安符點光明燈，囚犯入監服刑，進修完出獄後像是個證明，代表你還算個人物，刑警中槍則像個勳章，是個出生入死的證明，從鬼門關經過又繞回來的鐵漢。

他從後照鏡瞄到一個熟悉的人影，這個是剛剛從車邊經過的人，現在又繞回來，他的視線尾隨著這個身影進入不遠處的一棟鐵皮工廠，先前鹽水學長的線民跟他舉報，這間工廠久未運作早已閒置，有毒犯在這邊進行毒品交易。上週兩人一大清早已事先勘查地形，鐵皮廠房前後大門各一，左右兩側皆有一扇消防逃生門，工廠外觀不見荒廢的跡象，房外的空地還疊有幾座簇新的木棧板，的確像是個能掩人耳目的交易地點。門口鐵捲門養著一隻礙事的土狗守著，剛才雖有人進入廠內，土狗並未朝他狂吠，他瞟向一旁的副駕駛座，發現鹽水學長已經醒了，土狗看著獵物般盯著他瞧。

他：「學長你醒啦？」

鹽水學長：「其實我不累，剛剛休息而已沒睡著。」

他：「要假裝買家進去嗎？」

鹽水學長：「稍安勿躁，先觀察一下。」

他分發到汐止偵查隊後就跟在鹽水學長身邊了，鹽水學長職位是小隊長，要大家喊他學長就好，發落任務和帶頭車拚的老不死，老兵不死只是頭破血流，幾十年來轄區內火裡來水裡去，被歹徒槍口抵住太陽穴依舊能反手擒拿撥槍。刑事案件偵防評核制度表面上雖已廢除，實際卻是換湯不換藥，專案分數仍會影響考績年終和人事升遷，必須養案才能度小月，舉報的線民是鹽水學長管束的吸毒犯，定期驗尿便於球員兼裁判，把這些列管人口掐在手上，再製造一個進退兩難的矛盾，所謂的囚犯困境，讓他們在舉報藥頭和被關之間擇一。線民普遍是個性謹慎的中年男性毒癮者，往往有正當體面的工作，因為各種不得不的原因選擇用藥，普遍工作需要輪夜班，且必須確保他們能守口如瓶，當個撬不開的蛤蠣，沙子都不能吐。

這也是警察不得不的選擇，警察幹的多是擋人財路的工作，緝毒掃黃肅槍抓賭，擋人財路如殺人父母，警察視歹徒為囊中物，歹徒看警察是眼中釘，歹徒可以沒有警察的存在，但警察卻無法缺少歹徒，兩者的關係相當微妙。警察像個豬哥跟蹤狂般總糾纏著歹徒，歹徒卻又不時以錢酒黃引誘警察，警察得把持住分寸和界線的堅持原則，墮落敗德的警察和歹徒一樣從未消失過，搓湯圓插乾股和黑道應酬綁樁，一旦放水或越界，萬一貪向膽邊生，法律和因果的天平會倒向哪一邊，就跟子彈的彈道般，無人能預測。

換他打哈欠了，但沒辦法閉眼小睡片刻，只能巴望著鐵皮屋，留意是否有任何風吹草動。過了幾分鐘鐵皮屋毫無動靜，他打開交友軟體，輸入關鍵字，用釣魚的方式尋找潛在的吸毒者，這是他每天的工作項目之一。偶爾他腦袋會飄過一些念頭，到底吸毒是什麼感覺，能讓人吸到傾家蕩產面目全非也在所不惜，還是菜鴿偵查佐時問過也同樣年輕的用藥者，在他監看年輕毒犯者採尿的空檔問的。

他問：「吸毒什麼感覺？」

年輕毒犯：「比打炮爽多了，感官會變得很敏感，手指輕輕滑過皮膚從裡面癢到外面，做愛的快感會被無限放大。」

他接著問：「怎麼吸？」

年輕毒犯：「走水車的話，要先將粉狀的安非他命，用玻璃圓球加熱至氣體後，然後口鼻吸食，我一開始也鐵齒以為不會上癮，但大腦和身體會記住吸毒的爽度，吸幾次後不知不覺就上癮了，之後就像貪食蛇一樣，追黑點般繞著毒品跑，後面是越來越長的毒癮。」

他繼續問：「第一次怎麼接觸的？」

年輕毒犯：「在聊天室裡認識一個大叔，做愛前他帶我吸的，為什麼是大叔？我爸坐牢我媽在鄉下家裡開私人賭間，從小放牛吃草，沒人管缺少父愛吧？那些賭客偶爾也會躲在廁所吸啦！沒錢就偷我媽抽屜裡的錢去買毒。」

他問了最後一個問題：「你都不怕吸太多暴斃或感染愛滋嗎？」

年輕毒犯：「第一次吸和無套後我也是怕得半死，久了就習慣了，現在每年這麼多人罹癌，反正每個人都會因為不同原因死掉，早死晚死而已，其實我根本不想活太久啦！小時候看爸媽時常為了錢吵架，沒錢幹麼生小孩。」

沒錢幹麼生小孩。他也想過同樣的問題，每當他憶起自己不務正業的父親和早已不見人影的母親時，他和那個年輕毒犯有著類似的家庭結構；每當想起說對性有恐懼的妻，在他值勤三天內只睡四小時後，壓在宵夜底下的那張離婚協議書時，妻的感覺也不像是性冷淡，他是念過犯罪心理學的人，妻並非犯人，他沒去深究恐懼背後的癥結點，但隱約有個底，工作之故他總把事情朝最壞的方向做盤算，大致明白妻對性有恐懼的言下之意；每當想到自己只能綁樁般跟工作綁在一塊，外出偵查結束後繼續忙於整理公文卷宗、贓物證物的點收和入庫、案件移送或搜查請票，休假日回所內處理未完成的代辦事項，即便生兒育女也是疏於親子互動吧？

他出身東北季風更旺盛的貢寮，隔代教養的偏鄉小孩，高中便自食其力靠獎學金和暑假打工掙學費生活費，為了減少開銷努力考上免學費的警大，零用錢還能拿一萬回家補貼。十餘年上刀山下油鍋的刑警生涯，長期高壓工時下他不是對命運沒有怨懟，誰來體貼他對生活家庭的拚搏與付出？沒人體貼，只有賣命賣肝的超勤津貼。尤其有重大治安事件專案時的破案壓力更大，更會被逼得沒日沒夜，多年下來高矮胖瘦男女老少的毒犯來來去去，面孔自然像路人般過目即忘，何況他們普遍因吸毒而樣貌欠佳，臉頰凹陷雙眼無神爛痘暗瘡，但他始終記得那個年輕毒犯，對他描述時夾雜著沉思與釋然的矛盾表情。

鹽水學長：「沒動靜，我去尿尿一下。」

低頭的他回了聲好，專注在交友軟體上釣魚，等待對方回覆的空檔他覷到一則網路新聞，標題是：狠母切網斷遊戲，國中生離家出走，他忍不住噗哧一笑，也許對許多人來說，網路和線上遊戲就像毒品般，同樣難以戒斷。笑畢他鼻子突然一陣搔癢，打了個噴嚏鼻孔流出鼻水，他順手打開副駕駛座前的置物櫃，要找衛生紙擦拭，門蓋下掀後，映入眼簾的是一個玻璃圓球，球上還有兩根短細的玻璃柱，圓球旁有一包透明夾鏈袋，裡面是像礦物的白色偏透明結晶體。他心頭一征，眼前是什麼東西他再熟悉不過，卻缺少過往緝毒發現藏匿毒品的欣喜，按照正常緝毒的辦案流程，這個地方和時間點不該出現毒品，而且還不是裝在防拆封的毒品證物袋內，為什麼這裡有安非他命？

狐疑之際他的眼角餘光瞥到窗外一個身影，鹽水學長回來了。多年刑警執勤的反射經驗，他左手快速壓下中控鎖按鈕，替自己爭取緩衝時間，右手隨即將置物櫃闔上，並揣想車窗的隔熱貼加上車外自然反光，鹽水學長也許並未查看到自己的一舉一動。車內一片寧靜，只有他略顯急促的鼻息聲，耳邊傳來開門未果的低沉零件碰撞聲，他斜眼一瞄鹽水學長的方向，再喀拉地將剛關上的中控鎖解開，鹽水學長門把一壓車門一拉，一個側身便坐上車了。他調整呼吸故作鎮定，雙手微微顫抖，感覺自己像個持有毒品的毒癮者，碰上刑警攔車盤查，原來這就是現行犯被臨檢的感覺。鹽水學長轉頭盯著他，表情眼神毫無異樣，他也不動聲色地望向鹽水學長，胃部因不安和擔憂而緊縮，心中盤算鹽水學長可能會問的問題和該如何對應的答覆，眼皮不自覺地狂跳，屏氣凝神的空間裡兩人似乎都在等對方開口，最後是一個叮咚打破僵局，他迅速反射拿出手機看群組公務訊息。

鹽水學長：「時間差不多了，帶搜索票，我們進去工廠。」

他鬆了口氣：「好。」

兩人同時下車，一前一後走向工廠，路途中他將手機關機。尚未靠近工廠怒視的土狗老遠便朝他們吠叫，鹽水學長從腰間的霹靂包掏出一包肉乾，撕開後扔向工廠旁的草皮引誘土狗，隨後佯裝打哈欠之際餵了自己一顆檳榔，順勢瞟向鐵捲門右上角發現了一台監視器，判斷毒販會透過手機連線系統知道來者為誰。鹽水學長朝鐵門敲了三下後，停頓了一會兒後又敲了兩下，每一下都敲得篤定且如雷貫耳，敲完後鐵捲門上升了，但高度只到達小腿肚的高度，正常人沒辦法出入，只能讓土狗鑽進去的高度。他從縫隙內聽到鞋底摩擦水泥地的腳步聲，待腳步聲在門後停頓時鹽水學長吹起口哨，聽了開頭前幾秒，他恍然大悟這是做暗號的〈給愛麗絲〉，耳熟能詳的垃圾車音樂，口哨大約吹了十秒後，鐵捲門又上升了。

鐵捲門開到可以讓成年男子進入的高度，站在他們眼前的是個目測約四十五歲上下的男子，捷運上梳油頭通勤上班族的樣貌，倒是雙眼銳利有神且面容飽滿，看起來沒有毒癮和是個角色的樣子，身穿兄弟人標準配備的全黑名牌大LOGO打扮，低調的奢華藏不住高調的氣勢，緊閉的雙唇仍透出赭紅的檳榔殘渣。九月末仍炎熱的天氣，在封閉的廠房內穿著薄外套，他暗忖著毒販也許身上藏有槍，和他們兩個一樣。

鹽水學長先開口問道：「你現在有四號嗎？」

毒販：「有，但最近四號欠貨，價格起不少，誰介紹你們來的？」

毒販操著流利的台語。

鹽水學長：「價格多少？」鹽水學長忽略毒販的問題。

毒販：「你需要多少？買多買少價格毋同款。」

鹽水學長：「我要一百公克，可以先看一下貨嗎？」

講完鹽水學長從霹靂包掏出一疊鈔票，五捆目測五十萬，還主動打開霹靂包讓毒販檢查驗明正身，裡頭空無一物，只有已經下肚的肉乾和檳榔。

毒販：「伊先對我來看，你等一下。」

毒販用下巴朝他示意，狡詐的眼神上下打量他。

鹽水學長斜睨著他說：「好，文俊你先去確認一下。」

毒販領著他走進廠內角落離鐵捲門不遠的隔間辦公室，門一開冷氣便撲鼻而來，室內有一組三二一的全套皮沙發，茶几上有泡茶的茶壺器皿，中式高腳邊桌上有一尊木雕關公像，靠牆的兩個辦公鐵桌前後併排，背後的牆上懸掛一幅草寫的書法，撇捺著一個碩大粗體的義字。毒販打開後面鐵桌的抽屜，不疾不徐地拿出一包海洛因，放在茶桌上讓他檢查。這是雙獅地球標的海洛因磚，顏色接近綠豆糕的顏色，包裝上的商標兩隻紅字獅子踩踏著地球，商標下還印著一帆風順，緬甸、泰國、寮國交界的金三角輸出的高純度海洛因，無法直接原裝施打，必須添加葡萄糖或奶粉稀釋，否則會送命的。他拿取海洛因磚東瞧西看，確認包裝完整且尚未拆封，檢查完畢後向毒犯點頭示意，兩人前後步出辦公室，這次他終於走在前頭了。

毒販刻意放慢腳步，從他身後老遠喊道：「你跟你朋友報告一下。」他：「學長，東西沒有問題……」

還沒講完他就發現自己講錯話了，毒販和學長同時惡狠狠地瞪著他。

毒販吼道：「幹恁娘，看你們兩人的模樣越看越像死條仔！」

毒販邊講邊從外套內的腰際掏出手槍。

鹽水學長嘟噥：「幹，生雞蛋無放雞屎有！」

鹽水學長是兩線一星的老刑警了，拔槍的速度略勝毒販一籌，即便槍套綁在腰後。僅不過兩三秒的兵荒馬亂，霎時間鹽水學長的槍口指向毒販，毒販的槍口朝向他，他轉身面向毒犯，螳螂捕蟬麻雀在後，錯愕的他現在彷彿一隻噤聲的蟬，高舉雙手只能任人宰割，胸口隨著加快的心跳上下起伏。

鹽水學長先聲奪人：「把槍放下我們有話好說，跟我說你的上頭是誰，其他的我都有辦法處理！」

這種容易兩敗俱傷的情況，鹽水學長試圖向毒販談和。

毒販：「莫豪洨啦！恁條仔講的話能信，屎都可以呷！」

鹽水學長打開天窗說亮話：「販賣一級毒品無期徒刑，緩刑扣一扣要關十五年，非法持有槍械要關……」

毒販打斷鹽水學長：「莫講那些五四三，會關幾年我心裡有數，要死大家做伙死！」

毒販聽不進去勸告，情緒越來越高漲，並拉開了槍枝保險。

鹽水學長當機立斷朝毒販身後的空地一吼：「學弟，shooting！」

毒販怒吼：「婊仔子，還有衝局的！」

沒有沙盤的推演，也沒有硝煙或蹊蹺，只有雙方的布局和心眼，彼此的立場與變數。

鹽水學長的靈機一動，讓毒犯亂了手腳，毒犯下意識朝身後別過了頭，確認背後是否有打埋伏的，鹽水學長緊抓住這稍縱即逝的剎那，隨即吼了一聲趴下，示意他閃躲毒犯的攻擊。但鹽水學長沒料到的狀況是，他和毒犯同時都壓低了身軀，做出伏趴的自衛動作，鹽水學長也被毒犯突如其來的反應亂了手腳，視線觸及能射擊的大目標是毒犯的腦袋，不禁猶豫了一下。男人的年紀有時和膽子呈反比，尤其是對一個從警快三十年，已可以申請退休的老刑警而言，現在的情況是歹徒拒捕且持有槍械，不開槍可能難以保命，開槍了面對的將是賠償或牢獄之災，是否業務過失致死的決定權於法官自由心證的判決。警察也是人生父母養，即便是別人家的孩子，脫下制服後，就是個死老百姓，法官依照法條講述用槍比例原則辦案，但刀槍不長眼，坐在法庭上的他們，能理解警察在槍戰時短兵相接前腎上腺素激升的處境，雙方你來我往的咆哮或挑釁，還有面對生死交界時的對峙與矛盾嗎？

往前撲倒之際他想起剛剛在車上發生的臨時插曲，恍然間發現自己一時心急，忘記穿回防彈背心。槍戰始末的時間沒人能掌握，雙方駁火往往是一觸即發，警配手槍已由90手槍改成較為輕短的PPQ M2手槍，但無論是什麼型號的手槍，子彈飛向哪沒人說個準。毒犯這回的動作比閃神考慮的鹽水學長快了一拍，就短短一秒內的反射時間，毒犯在身體完全著地之前的須臾片刻，右手伸直食指扣下了扳機，朝他的胸口無情神速地開了一槍。槍管內刻有膛線，能讓子彈通過時產生高速旋轉，子彈一旦脫離槍管，膛內的火藥燃氣也隨之從槍管瞬間膨脹。砰的一聲巨響，槍聲竄進三人的耳膜，比他感受到子彈的侵入還快一些，他前傾的身體被子彈命中的後座力擊回，像被一個重磅的拳頭往死裡打，麻痺的燒灼感從傷口擴散開來，被一團熊熊烈火燃燒般炙熱，還來不及感到疼痛和喊叫，知覺就已經接近休克了。他背朝鹽水學長的方向無力倒下，彷彿一個被蜂炮擊中的神主牌。鹽水學長目擊眼前的一切，僅是頃刻間的一眨眼，還來不及震驚或伸出雙手接住他，鹽水學長此時毫無猶豫，跨出雙腳迅速兩三個箭步，右腳踩住毒販持槍的右手腕，左腳奮力踢掉毒販手中的槍，之後抽出也在腰後的手銬，將趴倒在地的毒販手腳上銬，並抓起毒販的頭髮，朝臉上啐了幾個口水和髒話。鹽水學長起身，轉身看向躺在血泊中的他，中彈的腹腔一片赭紅的鮮血，痛苦的面容猙獰，鹽水學長的表情也糾結了起來，撫摸胸口祈福擋煞的觀世音項鍊，想到後車廂有緊急醫護包腰包裡有刑案封鎖線，但似乎都派不上用場，往後口袋一摸卻撈了個空，鹽水學長邁出沉重的步伐跑回偵防車，拿無線電通報。

等待救護車前來，鹽水學長心中一盤混亂，看著身旁的他穿山甲般蜷縮著身軀，手腳中彈還能綁住四肢止血，腹部壓傷口止血他不就痛死？鹽水學長想著接下來可能面對的情況，回所內要打用槍報告向上呈報，心亂如麻下抽了幾根菸，是還要多久才到？再點菸抽，來回踱步，毒販講了一些垃圾話，你給我閉嘴，手都被銬上了還想抽菸？你呷卡歹，給我兩百萬放你走？現在才會想，剛剛不是叫你冷靜下來？現在一個偵查佐卡彈，你多加一條殺人罪，最好人沒死是殺人未遂，你關出來都六十歲了，雖然我頭殼組你藥仔組，但現在是天公伯要幫你，不是我行行好幫幫忙！

等到高速行駛的救護車將他送往醫院的急診室，醫護人員將哀號的他抬上病床，施打抗生素和止痛劑，直到推進開刀房進行手術前，都是鹽水學長一路陪伴著他。鹽水學長沒心思去想將毒販詢畢移送的後續處置，反正查獲績效已經手到擒來，套上暗袋裡的白手套，將毒犯的槍枝子彈和海洛因磚塞進透明夾鏈證物袋，塞進霹靂腰包裡。無線電請組內另一個偵查佐將毒犯領回，順便陪鑑識組在工廠內蒐證，拍了些現場的照片，監視器毒販裝來嚇唬人的，根本沒有監視紀錄可以調閱，鹽水學長沒空等手術結束，回局內後必須自己做筆錄。

常言人在做天在看，但有時太多人在做了天可能來不及看。離婚的他是隔代教養，不識字的爺爺奶奶也過世了，手術前他已呈現昏迷的狀態，麻醉同意書和手術同意書鹽水學長無權代簽，只能替無親無故的他留下緊急聯絡人電話。鹽水學長在局內忙著毒犯偵訊和積壓的公文，遠水救不了近火，只能盡快將開槍的毒犯就地正法，當術後院方聯絡上鹽水學長，告知他的昏迷指數是4，子彈卡在左胸下肺處導致血胸，且波及頸椎，可能有成為植物人的風險，詢問有辦法聯絡上他的家人簽收病危通知嗎？掛掉電話鹽水學長內心惶惶然，想起過去曾與他一起到過他的老家海邊釣魚，彼時老人家還健在，現在他孤家又寡人，要送他回故鄉落地歸根嗎？

昨晚他外出買宵夜充飢，貓步出手術房，悄然轉開金屬門把的鎖再反手關上，他到便利商店買了泡麵，撕開透明外包膜和調味粉後沖下熱水，將皮包壓在碗蓋上，再小心翼翼地端著泡麵返家。路上只有幾隻未眠的懶散野貓目送他，略帶涼意的秋風吹下復吹遠落葉，途中踩到一個綿軟的異物，暗夜中他未停下腳步分神留意是蛞蝓還是狗屎。他漫步走到老家附近的土地公廟，坐在廟前成套的石桌椅，他許久沒吃泡麵，國高中時太常吃了現在物極必反，以前總是買袋裝泡麵用家中的瓷碗節省地泡，偶爾加顆雞蛋進補。他慣習邊吃邊翻閱食譜，書頁裡有紅燒獅子頭也有蔥爆牛肉，還有醉蝦蒸蟹煎魚炸雞，分神進食泡麵會像加梅粉的水果般更鹹香，湯當然喝到一滴不剩，他總把為數不多的配料留在碗底，混著殘餘的麵條和最後一口湯囫圇下肚，寒冬深夜食畢會覺得自己像曝曬一下午的棉被，似乎還聞得到暖陽殘留的近似乾草的氣味。等著泡麵軟化的過程中無意間他憶起這些往事，但對上次何時吃泡麵卻毫無印象，以前沒吃過什麼佳餚才認為泡麵美味，出社會後吃遍各路山珍海味，對陽春的泡麵便棄之不理了。

土地公廟沒什麼改變，自他有印象以來三十年如一日，村內長者初一十五輪流牲果金紙進貢，廟內屋頂被長年上竄的煙霧薰得一片黧黑，亦是眾人倉皇躲避驟雨的中繼站，不論有備而來或突如其來，老神在在的土地公低垂的神情恆常肅穆，廟尾矗立著一顆與廟等高的巨石，石上攀附著一棵老榕樹雨傘般將整座廟宇籠罩。廟前不遠的金爐旁有座不鏽鋼搖椅，他雙手捧著碗沿謹慎地坐上搖椅，待微晃的搖椅靜止後，再將半開的碗蓋撕去，竄升的熱氣在眼鏡上瞬起一片白，抵住臉頰撐破竹筷紙套，開始吃起宵夜。他邊吃邊吹氣，嚼斷的軟爛泡麵滑過他的喉嚨泛起一股造作的化學味，但他卻懷念起這久違的廉價感，泡麵短暫止住他年幼時的飢餓與嘴饞，歲月是把豬飼料，出社會後胖了二十幾公斤，長年在外奔波跟監，像朵吸飽水分的烏雲變得黝黑肥胖，此刻汗如雨水般滴落。吞下最後一口混著脫水蔬菜和魚板的湯麵後，他將空碗隨手置於腳邊，摸著凸起的肚子打了個飽嗝，心滿意足抹去額上的汗，從口袋拿出菸盒賴打，舒坦地點起菸抽。

他望著眼前空無一人的廟埕，廟旁人家庭院散生幾顆芭蕉樹，樹頂新生的翠綠嫩葉光滑無痕，在環繞著蝶蛾蚊蟲的暈黃街燈下晃蕩搖曳，而經久生長的葉面被風吹得四分五裂。地上的落葉被風吹得沙沙作響，聲響被四周的寧靜擴音而更顯蕭颯，遠方傳來低沉模糊的海潮聲，廟前的空地毫無遮蔽，呼嘯的風便奔竄得更張狂了。他靜默地抽著菸，腦中浮現許多場景，元宵酬神的歌舞團於庭埕上搭起棚架，在男性村民的熱切注視下脫得精光，年幼的他首次從大人的指縫中覷見毛茸茸的女性下體；他結婚時兵荒馬亂的流水席也辦在這裡，當天敬酒被灌得七葷八素，洞房夜也是毫無意識地倒頭就睡；他和幾個玩伴在這邊玩踢罐子，累了一夥人會坐在搖椅上打屁，玩踢罐子時他常偷跑去海邊，被找不到人的鬼罵個臭頭。

夢境裡無法講話，在海村長大的孩子慣常也是寡言的，他也不例外。尋常生活中填滿耳際的是蟲鳥的鳴叫，加速離去的火車急切運轉，菜車麵包車魚車或五金用品車的喇叭廣播聲，除外便是鄰居長者的閒話交談，在這個雞鴨比同儕還多好幾倍的臨海村落，要習於無聊甘於沉默，蒲公英種子般落在哪裡便在那裡生長。但如果能選擇的話，他寧願當隻剛在半路上踩到的蝸牛，背負一個殼自己就是一生，無脊椎動物還免於腰痠背痛的困擾。現在只剩下他在這裡了，沒人去追問彼此的下落，他壓低身子伸長雙腿，搖椅搖著晃著，搖晃出許久未回憶的過往，後來和妻離婚了，離婚手續還因為禁休延後了兩次。搖椅隨著稍微使力的腰腹擺盪，中彈的腹部隱隱作痛，他將菸蒂朝地上丟時，瞥見自己的雙腳懸空，身體喝醉酒般搖擺，腳像即溶咖啡，融化在深夜裡。

他無法分清現實和虛幻了，都說彌留時一生會跑馬燈般晃過腦海，他以為自己是在夢境裡，空氣中的濃霧環繞著他，像塊白布輕覆。毒販的彈匣裡還有幾枚子彈吧？在風中他才感到完整，被溫柔的風擁抱在懷中，一種釋懷的坦然，像是吸毒飄飄然的感覺，置物櫃裡的安非他命是誰放的？這件事他不會告訴任何人的，他會像個撬不開的蛤蠣，一粒沙也不會吐。他伸出手想撫摸疼痛的腹部，但手的動作卻慢了一拍，不像值勤時般身手俐落，身體外的動作跟不上腦袋裡的動作，當手指接觸到身體的剎那，指尖輕易穿透了過去，他驚詫地想喊，但卻無法發出聲音，這種離奇的事八字重的他從未碰過，雙手瞬起了雞母皮。妻對性的恐懼，按照過往的案例經驗，是因為她被強暴過嗎？他想問她何時發生的，起訴期未過的話還能將對方繩之以法，但一切都太遲了，各人業障各人擔，他旁觀他人和自己的苦厄，但能有什麼辦法，鹽水學長的口頭禪是趕快想想辦法，他就像是在路邊被流彈波及的無辜行人只能被迫接受。鹽水學長有被毒販槍擊嗎？他們倆雖然像齬總黏著齟般偶有爭吵，卻又離不開彼此。風依舊在耳邊奔竄，他聽到荒涼和迷茫，也聽到鼓吹與執迷，他的生活多數在追捕和躲藏間度過，他好想藏匿在一個沒有人找得到他的地方。天空開始下雨了，像顆雨滴多好，從雲端來，至海裡去。

關於鹽水學長的傳聞不外乎是私吞毒品後盜賣毒品，鹽水學長覺得這些捕風捉影相當愚蠢，持有毒品的後果和刑責鹽水學長心知肚明，何況不是私吞而是真的吞了。等待救護車過來時已將近四十小時沒有休息了，於是等所有相關人馬離開工廠後，鹽水學長在車上又燒了一管安非他命提神，否則這種長工時的高壓工作環境誰受得了，這是鹽水學長的囚犯困境，束手無策時的辦法。每當進退都是兩難時，往往都是要以進為退，所以當鹽水學長進入加護病房時，心中盤算的不是他在車上目睹自己施打的安非他命後，會採取什麼舉動，他們倆在同一陣線這麼久了，絕不會互扯後腿。當鹽水學長舉起他疲軟的手臂，眼眶內蓄著隱忍的淚水，師徒般的兩人出生入死了這麼多年，沒想到最後會演變成這個局面。

於是鹽水學長輕輕地放下他的手，並取下脖子上的觀世音玉珮，塞進他的右手掌心內。他手臂上黏貼著連接點滴袋和藥袋的管線，鹽水學長背對著監視器的鏡頭，取出裝有透明液體的針筒，刺進他的點滴袋內，嘴巴裡念念有詞，文俊，希望你能理解我的苦衷。鹽水學長將未稀釋的高純度海洛因注射進他的體內，將整隻針筒注射到一滴不剩，希望你能隨著觀世音菩薩修行去，下輩子投胎到好人家，別提下輩子了，做人這麼辛苦，一輩子就夠了。鹽水學長是見過世面的老刑警了，即便在這生離死別的時刻，依舊緊咬著牙根強忍情緒，未讓眼尾的眼淚奪眶而出，流下並經過他長年操勞的疲憊臉龐。鹽水學長望向病床旁的生理監視器，螢幕上心跳血壓和呼吸的生命徵象平穩，各色線條無明顯上下劇烈波動，接下來就只是等待了。刑警這輩子多數時間都在等待，無論日夜晴雨在各式各樣的地方等待，在樹葉下或在水溝裡等待，在墓碑後或在夾板內等待。鹽水學長當然也嫻熟於等待，等待退休申請被上級批准，等待毒販移送檢察官偵查後並將其繩之以法，等待海洛因藉由血管流遍他的全身，等待心電圖停止運作，等待院方通知噩耗，等待他的死亡證明。

老魏

重量不能超過兩公斤，豬大骨不行，怕會偷塞東西在骨頭裡，鹽糖奶粉等粉末狀的也不行，跟毒品太像會搞混，鮑魚罐頭要打開去除湯汁另外裝袋，否則罐子會被拿來當利器，醃漬品和易腐壞的不行，不新鮮吃了容易烙屎，有包餡的或難以檢查的也不行，所以包子麵包沙其瑪和蛋糕都不能過關，薑母鴨或燒酒雞含酒精更不行，占重量的湯湯水水比較少，油湯直接倒掉，水果去殼切開，海鮮類和堅果類也要去殼。聽說早期有大尾的房長給新來的香蕉犯下馬威，要他拿淡菜尻槍，尻完還要把淡菜吃掉，特製白醬呵呵，現在有監視器比較不能亂來，沒聽過淡菜？下哨後自己上網查一下，有的還有毛，有夠像。

寄送物品一天不得超過兩千元，購買人售貨三聯單右上角簽名，一聯我們留存，一聯給購買人當收據，第三張給收容人簽收。寄送衣物不能有拉鍊帽子和金屬配件，之前有同學用棉被的拉鍊自殺。書籍雜誌每次限寄兩本，內容規定不能有妨害社會風俗或影響紀律的內容，講白一點就是不能露點露毛啦！有的還會在汽車雜誌內偷塞光碟或裸女圖，違禁品一律沒收，仔細檢查內頁後要拿奇異筆塗掉走光的部位，對了會客也要給家屬三聯單，驗明證件抽號碼牌後等待叫號，很多火辣妹子可以看，腰束奶澎，其他規定還有很多啦！剛來跟你講太多你也記不住，待久了你就熟悉了，但是規定這種東西，你也知道……

他從新兵似懂非懂的面色裡，無法判斷新兵知不知道這句話的意涵。他站在背對他的兩名替代役後面，漫不經心地聽著快退伍的學長教導新兵，新兵以為他是家屬所以沒多加搭理，待退學長發現新兵視線不時飄向後方，倏然轉身後才發現他杵在那。老師早！早！新收的收容人昨晚沒問題吧？沒聽說，應該都適應了吧？他微笑點頭稍加示意，交換理解的笑容後便低頭察視簽到簿，待退學長別過頭繼續向新兵講解，然後他抬頭瞅了待退學長一眼，審視的眼神裡沒有敵意但也沒有善意，工作之故他慣於喜怒不形於色，但仔細觀察的話，繞轉的餘光仍會洩漏出蛛絲馬跡。而後他徑直朝教化科辦公室的方向走去，經過中央台時，值勤的獄警也向他道了聲早。

5482進來的第一天睡得不太熟，睡眠的空間嚴重不足，目測約六七坪的房舍擠了十四個同學，眾人頭腳顛倒交叉並排，他側身屈膝地躺在堅硬的水泥地上，翻身不時被草蓆岔出的毛邊扎腳，眼前是另一個同梯腳皮龜裂的腳板，視線再過去便是解決排泄的小白。房內悶熱的空氣加上此起彼落的打呼聲，讓淺眠的他難以入睡，他硬撐開睏倦的眼皮，一副心事重重的憂愁樣貌，腦海中浮現出許多甚少回想的過往，被他刻意忽略卻又隱隱作痛的往事。他想起困頓的童年和故鄉，三餐飯菜配著番薯籤菜脯與瓠仔乾，逢年過節才有魚肉進補，憶起無暇也無力撫養的年邁雙親和幼子，他連把自己照顧好的餘裕都沒有了，落土八字命，他鮮少怨天尤人只感到愛莫能助。他雙眼朝房頂瞥去，天花板上意興闌珊的電風扇緩慢地旋轉，燈泡周圍發散出昏黃的光暈，滿室的體臭汗味混雜著揮之不去的尿騷味，他在斷續的短暫睡眠裡醒來，又在深沉的疲倦裡恍惚地步入夢鄉。

5486第二次進來蹲了，雖稱不上熟門熟路，類似退伍後教召重回營區，環境和作息大致瞭然於心。入監前行李需託管的裝一袋，要送檢的裝另一袋，搜身時脫褲卵脫光光，手舉高轉一圈，半蹲屁股撐開後用力咳嗽。每天七點起床後盥洗整理內務，點名報數吃早餐完八點開封，接下來便是整天好幾堂課的教化課程，大悲咒或心經輪流播放，三到四週後便下部隊般分配到待配房。手邊沒有時鐘或手錶去指認時間，按表操課日復一日，等待復等待，等開封等抽菸等上廁所等用餐等收封等會客，之後再等待下工場。菸依舊一天限制二十根，抽不完的菸留下來交陪或當賭資，分級制度亦無太大的變動，依照四個級別而賦予收容人不同的權利，倒是因應物價上漲，福利社每天購物金的限制從兩百元提升到三百元。

大清早起床鈴便準時大響，睡眼惺忪的同學們便立馬起身，兵荒馬亂地整理床墊，枕頭和棉被水餃餡般包在草蓆內，對折後堆疊在牆壁角落處，上端一長橫木杆，掛著成排新舊交雜的毛巾與裝個人雜物的透明袋子，固定在牆上的貼皮置物櫃內，喝水用的半透明塑膠杯整齊並列，另一格則是眾人的牙杯和牙刷。刷牙時手勢的速度放慢，避免嘴內的泡沫四處飛濺，水量的供給有限，還兼要洗碗盤和如廁使用，因此用量要掌控得宜。滯悶的氣流在方寸之地難以流通，眾人的汗水大粒小粒地流下，濡濕的白色吊嘎仔緊貼著攀龍附鳳的肩背，或缺色殘肢的虎豹，細看的話，有些人的手臂內側會有散生的針孔。有人喝水有人小便，有人抓癢有人放屁，皺癟的內褲花樣不一，格紋麻將圓點素色，一夥人搶在點名前將公發的褲子汗衫套上，等待點名時，一個蘿蔔一個坑端坐在地上。開報告燈！走廊傳來管理員命令的呼喊聲。

「你是什麼案子？」5486問道，其實他已從名牌上瞄到答案了。

「搶劫，欠所費，你咧？」5482回答。

「呷藥仔，安啦！」

警衛將厚實的木門打開了。

「主任早安！」

「同學早安！報數！」

依序答數後，過一會兒待點名完畢便開始用餐，5482依照同學的指示，將數個不鏽鋼鍋從瞻視孔下方的風口擺放出去，迴廊響起金屬敲擊地面的碰撞聲響。今天的早餐是黑糖饅頭配豆漿，涼掉的豆漿剛好適合炎熱的夏季，5482啃著索然無味的饅頭，一臉若有所思的神情。早餐用畢開始一日靜坐課程，抬頭挺胸沉肩墜肘，盤腿打坐面壁省思，放送的內容從喇叭擴音而出。如是我聞，有人會閉目養神或打盹，間或有竊竊私語的交談，漫長的講經過程間，5486的靈魂會暫時離開它本來的居所，從五官或孔竅溢出，優游竄流於虛空之間，像用水車吸糖果後，意識在繚繞的煙霧裡徐緩升空，皮肉的縫隙裡飽含能量與動力，凡所有相皆是虛妄。跑夜車長時間規律重複的勞動，讓許多卡車司機不得不靠它提神，吸食後能忘卻煩憂和倦怠，拋去睏意與飢餓，不必臨停浪費時間進食，放大的感官在高速馳騁中顯得異常敏銳，耳畔是車身零件運轉的高頻碰撞，狂妄的風呼嘯而過，世界一片光明前程明亮，無我相無人相無眾生相無壽者相。油門是他肉體的延伸，鬆緊踩踏間疾駛的車身彷彿能飛奔離地，倏忽翱翔入空，他在攀升的愉悅裡騰雲駕霧，深感自己越來越渺小，而自我越來越龐大。然後砰的一聲巨響，他在東北角臨海的小村落撞進路邊民宅，出事前一晚他徹夜未眠奔波至午後，過失致死服刑一年，外加一筆為數不小的賠償金。

5482在車禍現場的村落出世，他們尚未過問彼此太多來歷，來不及交換這件事故在那偏村引起的流言與鬼魅，無辜的亡者是5482兒子的國中同學。他在打坐時憶起的是家庭和身世，他學歷僅國中畢業，在那搾不出豬油的家鄉即便念到博士也無用武之地，退伍後他早早離鄉討生活，換季般地換頭路，馬桶業務樟腦工廠防水抓漏夜市擺攤瓦斯運送開便當店板模拆除，他也綁過鋼筋但無法將一家人綁在一起，兩個兒子扔在故鄉讓父母飼大，手頭寬裕時才加減返家相添，回到淒風苦雨又荒涼傾頹的濱海漁村，那裡盛夏有山水日月還有藍天和白雲，除外的時日天空泰半黯淡，和水泥透天連綿得像灰階的山水國畫。僅有風景和蟲蚋興旺，其餘皆在退化，電器生鏽故障衣物受潮發霉，孩童時常短缺，老人供過於求，他們體內的機能與器官也被潮濕的水氣浸潤得生鏽了，拄拐杖在街路上佝僂地徐行，或被看護推輪椅外出霉坐曬日。他不是存心拋家棄子，如果可以當皇帝誰想當太監，但現實像根魚刺鯁在心頭，他的內心畢竟還是血肉做成的，有脈搏有筋膜，有鐵打的拚勁也有柔軟的愧疚。偶爾抽菸放空他會沉吟想到，當太監似乎也不錯，讓悲苦的命脈消亡在他這裡。

進入辦公室後他登入電腦系統，邊輸入同學們的審核評分，邊吃著手邊的漢堡蛋，敲打完他開始翻閱桌邊一疊新收的個人資料。5486，吸食二級毒品罪，備註有過失致死的前科，5485，強制猥褻罪，5484，公共危險罪，八成是酒駕，5483，重傷害罪，5482，持刀搶劫罪，他瞄到5482的戶籍地址和他的故鄉一樣，但他心中並無任何他鄉遇故人的欣喜，畢竟這不是第一個了，往後應該也不會是最後一個。他神色冷靜地微皺著眉，他年紀雖輕，但長年和五湖四海的收容人打交道，銀框眼鏡後是習於打量的銳利眼神，情緒不大有起伏波動，謹慎的目光與年齡有反差的老練，他腦海中悄然竄進不常憶起的往事，一些面目模糊的臉孔逐漸清晰，卻又在重組時飄忽不清。而他沒想到的是，5482是文俊鮮少返家的父親，他和文俊國小國中都是同班同學，文俊後來娶了他暗戀的對象，幾年前婚禮寄喜帖給他，在土地公廟前的空地舉辦流水席，他人和禮都沒到，5482當然也沒有。

都已經是十幾年前的意外了，一場倉促開頭狼狽結束的無心之過，也造成難以抹滅的傷與害，他卻也因禍得福地占到一些便宜，有失有得但過大於功，他右眼的視力減損，順勢獲得了一本輕度殘障手冊。其實他一直暗中和文俊較勁，文俊的家裡父不慈子難孝，祖父母靠拾荒和中低收入津貼養活一家，而文俊仰賴獎學金與工讀支絀地完成大學學業，他和文俊從小到大玩著泥巴一起長大，就差沒穿同一條褲子。他家中經濟環境比文俊優渥，當兵前他已大致理解，往後的人生便是接手家中的車行，在車底扳手與黏膩的油汙間討賺，受傷後歇息的那段日子，他躺在床上反側，想到文俊和她都即將負笈外地讀大學，而他會像苔蘚依偎在牆角般，繼續攀附在家中度過餘生。一股五味雜陳的挫敗滋味油然而生，也升起拚搏的決心，退伍後頭一年在海水浴場工作攢足了經費，進城賃居補習半年，殘障生加分勉強考上私校夜間部法律系，白天在銀行協助客戶開戶辦信用卡，自給自足後披星戴月上課，假日蜷縮在圖書館背誦八字不太合的釋字與判例，在茫茫的法條書海裡泅游，背了又忘，實務見解立法學說，忘了再繼續死記。大四時辭去工作專注準備國考，這回不必靠加分，他便如願考上普考的監獄管理員，時間飛快，眨眼一晃十餘年便過去了。

這十幾年間的光陰，手機從黑白機進化到智慧型手機，景氣好壞循環房價節節高漲，速度堪比飛機的高鐵通車，這些進化對在監獄裡服無期的同學來說，是比香菸漲價還微不足道的改變。1985對手機的印象還停留在黑金剛，當初一支十五萬比名流機車貴三倍，握感厚實要卯人也順手，後來的手機太小支不稱頭，他看過但沒摸過的智慧型手機快跟衛生棉一樣薄，就像他也用不慣信用卡，成綑的鈔票放進手拿包，夾在腋下心中才踏實。1985快關滿十五年了，本來要申請假釋，兩個月前在工場虧了比他晚半年進來蹲的阿狗仔，講笑說他進來的時間沒挑好，新法上路無期徒刑要服滿二十五年才能申請假釋，兩人說不上是換帖，好歹大家也互看十幾冬了，做伙打鼓吞雲吐霧，阿狗仔那天不知道哪根筋沒接好，性地夯起來跟狗一樣對伊起屁面相嚷，他假釋暫時被老師壓下來。真正是痟到有剩黑白吠，幹恁鬼咧！

有時候1985會想，關十五年是什麼感覺，想一想他也會有種不深不淺的感慨，一來終於要脫離這個所在了，像貓狗一樣關在不見天日的籠子裡，冬天冷得要命夏天熱到快脫水，通風欠佳又供水不足，刷牙洗澡沖水洗碗盤都依靠那定量的幾桶水；二來這邊待得慣習啊，揹著前科出去面對闊別已久的社會，快六十歲的人了，他不知道要找什麼樣的工作維生，誰又會好心收留他。坐牢初期尚有零星的友人來探監，後來就只有阿母來會客了，看到踽踽獨行的查某姥仔提著會客菜來看他，他心理的感慨就更深了。他在紡織廠做了不到十年後也自行創業開廠，還被洗水機台夾斷過一截手指，勞碌之餘老婆卻疑似偷客兄，攤牌談判的那天她態度不承認也不否認，嗆說他還不是上酒店開查某，他不知道自己那天哪根筋沒接好，我去應酬談生意妳給恁伯戴綠帽，一股抑制不住的憤恨在怒火中燒，他三步併兩步朝廚房走去，手握妻子平日切菜削果的菜刀返回客廳，神情訝異的她以為他只是作勢恫嚇，但他卻毫不猶豫地朝她的肩頸上砍去。她還來不及尖叫，赭紅羶腥的鮮血便從頸動脈奔竄而出，噴濺到他的臉頰和潔白的牆壁上，待第二刀落下時，她意識清楚地放聲喊叫，伸出虛軟顫抖的雙手阻擋如雨下的刀起刀落，她禦敵的雙手不特別感到疼痛，超過痛覺的極限時神經其實僅剩麻痺的感覺，她身軀一鬆雙膝一軟，癱臥在冰冷的石英磚上掙扎。他在盛怒間砍紅了眼，目眥盡裂得像頭啃噬獵物的野獸，日後回想時他也不解當天激動的脫序行為，腦中的記憶只有斷裂的空白片段，待回過神後她已經躺在血泊中奄奄一息，他的影子映在稠濃如油漆的血上，樣貌恍神的他呆立在恢復寧靜的屋內，像她一樣，沒有任何知覺。

1985是這間房舍待得最久的，名義上他是房長，房長也沒什麼重要任務，下令讓大家做事而已，擦地板刷馬桶洗碗筷提水桶，新人還要聲控先指導一下，久了他也不太需要浪費唇舌解釋，大家自動會把分內的事做好。獄方不說破的一些潛規則是，讓收容人間接管理收容人，房長管大哥，大哥管小弟，小弟管新收，房內有摩擦自行解決，除非是房長也搓不掉的衝突，才會有抓耙仔越級投訴，但告狀的人被抓包後日子通常不太好過。關久了大家的情緒普遍劍拔弩張，與同學間的關係要打點好，否則稍有口角或紛爭，一言不合便輕易戳破勉力維持的和諧，懲處輕者關犯責房重者移監，監獄即是個階層嚴明且弱肉強食的社會縮影，比他早進來的幾個大哥陸續假釋出獄，他也就名正言順地當起房長。昨天又新收兩個同學，本來擁擠的牢房顯得更水洩不通了，新收的人一律先睡最靠近馬桶的地方，不然就睡牢房中間的中山北路，前胸後背都是其他同學的腳板，他之前就見過5486，在同一個工場摺蓮花，曾經在水房一起點火打鼓，但也沒機會多聊，打過照面而已。他瞄見5486的名牌，這回是吸毒被抓進來的。

「晚餐有菠菜，我要變卜派！」剛來不久的年輕吸毒犯5420說。

「你的奧莉薇咧？」1985問。

「阮七仔被抓去勒戒所了，政治犯褫奪公權，我們被褫奪交配權。」

「有懇親宿舍可以申請。」

「真的嗎？」

「但要有配偶和分數一級才能申請。」

「裝痟仔！」

「你以為還能叫小姐喔？」

1985不大喜歡吸毒的同學，藥用久了許多人也會兼著賣，聽他們說利潤多好嘟多好，有些人麻藥仔麻到腦袋趴呆趴呆，外表也老得比一般人快，牙齒常掉得比頭髮還快，用餐只能呷流質食物。但他不討厭5420，他年輕雖輕卻很會看人臉色，眼明嘴甜腳勤手快，5420說在國外念書時抽大麻是尋常的事，尤其期末準備報告容易焦慮，抽了之後思緒清晰也不易感到疲倦，大麻的成癮性還比不過菸酒，待學期結束放假後，一群同學聚在一起狂歡。他還記得5420描述當時場景時似笑非笑的表情，那表情裡有懷念，懷念裡似乎也有喟嘆，5420說卸下課業的壓力後抽大麻，你會進入到一個靜緩失重的環境裡，彷彿漂浮在半空中，躺在柔軟潔白的雲朵上，失去時間和空間的概念，敏捷的感官能全然接收到外界擴大的聲光刺激，憂鬱失望和焦慮等負面情緒消除於無形，緊密凝聚的身心靈深刻體會到永恆。他當時聽不太懂5420在講什麼，有點像死亡吧？5420補充說，他有幾個朋友也真的間接因大麻而過世，混和著其他毒品使用暴斃，或退藥後無法壓制悲觀的念頭而結束生命，他回國後就收斂不碰了，一回在夜店慶生時朋友慫恿才又抽了一次，卻倒楣碰到條子臨檢。1985最怕碰到吃四號仔的，尤其在退藥時更是慘不忍睹，眼淚鼻涕齊流外加大小便失禁，睡覺時像烤肉一樣翻來翻去，不時在地上打滾，說有上萬隻螞蟻在啃咬他。

用餐後5486帶領5482整理殘餘，先前新收房大家一律平等各自收拾碗筷，但現在房舍不同了，新同學要統一收拾環境，否則會引來螞蟻，碗筷清理完後將平鋪的塑膠防水地墊對折，在小白上抖落掉下的菜渣飯粒，點完名收封後再依序將所有人的草蓆鋪在定位，大家便在自己的床墊上做各自的事。1985朝空蹺著二郎腿，加工過的小型電扇立在肚子上吹風，手持掌上型電視機看現場直播的政論節目，看不同嘴臉的人馬像小學生般鬥嘴鼓，他偶爾心懷期待有人會吵到中風或心肌梗塞，多年來卻只有拂袖而去的來賓。有人在寫信和抄寫《金剛經》，有人在閱讀《聖經》，嘴邊念念有詞誠心禱告，5486和5420捉對廝殺玩象棋，他們兩個案由相同，很快也變成忘年之交的麻吉，起手無回的交戰間棋子碰撞棋盤發出清脆的聲響。獄方怕同學賭博禁止玩暗棋，窮則變變則通，有自製的手寫撲克牌和麻將，賭資是香菸與電池，通才能久長，除了女人體積過大不大好偷渡進來，手機檳榔高粱肉片機藥仔只要有錢都可以搞定，旁人當然睜一隻眼閉一隻眼，主任們較不太好買通，但雞蛋再密也還是有縫。

「行棋卡小聲耶！」1985說。

「你是說刑期還是行棋？我刑期還有四個月。」

「菜鳥仔，比我還長。」

「哪有？我懶鳥比你短。」

「知影就好。」

「將軍！」5420手中的車駛進敵營。

5420的食指中指運著棋子，雙炮一車在楚河漢界的兩端來去，他當頭炮開局，炮二平五採取主動攻勢布局，瞧了5486幾手防守的反應後，他便暗忖5486不諳棋道，於是他決定放水禮讓5486，蜻蜓點水般簡易攻防。偶爾故作困惑的遲疑表情，他抬頭皺眉深思，眼睛瞟到1985在翻閱著誘惑雜誌，封面赤裸的女人環抱著豐滿圓碩的胸部，塞進腋下的手掌順勢遮去了重點部位，她挑逗的臉色勾起他在獄中無從發洩的性慾，他持棋的兩指過去是摳抓女友濕潤抖動的下體，現在卻只能按壓乳頭般大小的黑棋。他在棋盤上逡巡來去，彷彿過去輕滑過女友柔嫩白皙的頸背，她迷濛的表情像在求饒也像在求戰，意淫緬懷之際他的下體如指上的車發動引擎，長驅直入抽馬帶炮，一陣熾烈的愛撫過後他開始直搗黃龍，他是驍勇善戰的將軍，在女友凹凸的身軀上開疆闢土，連連嬌喘的她只能臣服在他的凜凜威風之下。他畢竟還是血氣方剛的年輕人，但現在卻只能陪著一個和他父親年紀相仿的老男人下棋，他躊躇的面容又顯得更費解了，他沒有配偶申請懇親宿舍，翻雜誌的1985也沒辦法，而君子般的5482在一旁始終觀棋不語。

早上天還矇矇亮5420就被熱醒了，早餐是清粥加上醬瓜筍絲，他的食量大所以多加了一包科學麵，邊喝著滾燙的蹦粥他心中咒罵著，熱得要死粥還夭壽燒，但想想如果粥不這麼燙的話泡麵會煮不爛，他也就釋懷了，邊吹著氣邊緩慢地囫圇下肚。用餐完一夥人便下工場作業了，只剩5486和5482乾瞪眼，5486眼見房內都沒人了，從1985的置物袋內抽出筆和誘惑，然後躲在耙仔機照不到的死角，他老覺得1985對他有敵意，還要他半夜小便先尿在寶特瓶內，不然沖水的聲音會吵醒大家。毋通畫啦！就阮兩個在房內，膝蓋想也知道是阮畫的。伊又不是每天看，時到裝蒜說不知影就好。伊再不久就要出去了，到時候這本就是阮在看了。講也是有理。他給了5482打暗號的眼色，便走向小白那區的盥洗區域，褪下褲子蹲下來，他兩週沒出來了，前幾天在新收房發生睽違已久的夢遺，5420戲稱這是漏電，5482從沒看過男人在他面前手淫，心中泛起一股荒謬的奇異感觸，關進來後他的嘴角首次上揚，他尷尬地苦笑著，而他清楚等一下會輪到他。

等待的空檔5482有點想抽菸，他拿出電池和從菸盒取下的鋁箔紙，將撕成長條的鋁箔紙接到電池的正負極兩端，不到一秒便燃起微小的火苗。點燃香菸後他默然地站在窗邊，進來的第一根菸，依樣畫葫蘆仿效其他同學點火，他將闊別快一個月的菸吸入肺中，從鼻孔吐出的煙竄向空中，無法聚攏一個明確的形體，像朦朧渺茫且毫無頭緒的未來。他盤算著出獄後的出路，眼前搖晃飄蕩的煙輪廓逐漸模糊，最終逸散在悶濁的空氣中，目光茫然的5482將香菸熄滅，褲襠的慾火似乎也被他捻熄了。相較於愁悶的5482，正在快活的5486開朗許多，二度進修的他心態調整得快，外頭工作的重擔壓著他始終沒有真正睡飽過，賠了一條人命和賠償金，他早出晚歸或徹夜不歸地超速跑車，不靠外物再是鐵打的身體也難以承受，這是沒有辦法中的辦法。幸好他沒家累，第一次肇事前就跟老婆分居了，他手握方向盤駕駛卡車南征北討大半輩子，現在的狀況像是下錯了交流道，罵聲髒話放慢速度後多繞幾個圈，之後仍會駛回人生的主線道上。

5420和1985在同一個工場摺紙袋，一個月的薪水扣除支出和提撥後區區幾百塊，買一件555內衣還要貼錢，但爭取作業分數也不能不做，一天有規定的產量，他年紀大了手腳不流利，做不了多久就眼痲手痠，5420摺紙袋摺得又快又整齊，多出來的數量就讓他截長補短。從他嘴巴說出來不太有說服力，但偶爾他會叨念5420，一表人才又留學海外，怎麼不小心在人生履歷上留下個汙點，5420也就無奈地聳聳肩，滿臉人衰天註定的表情。一回5420嘻皮笑臉反問他：老魏大仔啊，我是衰洨遇到警察，你是失手殺了哪個仇人？5420見他垮下的臉瞬變得鐵青便噤聲不語了，此後再不曾提起這個話題。他出事時兒子剛考上高中，初期來看過他一次，就那麼一次，他不怪兒子，個人作孽個人擔，換作是他，他也許和兒子會有相同的不解與怨懟。他便把與兒子年紀相仿的5420當作自己的兒子看待，會客菜他總會多夾幾塊給5420，雞胸換兩粒，這是5420說的，誘惑就是5420從快退伍的志願役那邊走私進來的，他還說反正刑期半年無法假釋，被主任抓到算他頭上。1985有時看著5420在他身邊吃喝拉撒睡，會憶起久未謀面的兒子，毋知影伊目前生做啥款，說不定在路上碰到，兩人都認不出彼此。

起碼他還有老母可以相認，有一個即使是隔著玻璃窗與鐵柵欄，在短暫的半小時內手握被監聽的話筒，近在眼前卻伸手無法觸及的親情得以寄託，外頭五光十色的花花世界聒噪如蟬，而人情薄似蟬翅，過往拜把的酒肉朋友時日一久便幾近散去。有些同學什麼都沒有了，鑄下大錯後家庭不聞不問，也許妻離子散也許雙親年邁也許孤家寡人，缺乏情感連結亦缺少金錢支援，只能終日禁錮在流刺網圍住的牢籠裡行住坐臥，在反覆的懊悔和枯燥的作息間無計可施。獄方供應免錢的牢飯，但其餘民生用品皆須自理，僅能依賴替其他同學洗衣或打雜賺取微薄的獎賞，勉強維持日常開銷，郵票信紙電池香菸牙刷毛巾泡麵皆要開卡購買。他起初也給兒子寫家書，不外乎叮嚀兒子要認真念書孝順阿嬤，撇捺的筆畫寫得歪七扭八跟蚯蚓一樣，不會寫的字就用注音，蹲伏在小桌前像個罰寫錯字的孩童，也寫些歹勢當面講的心內話給阿母，伊不識字，振筆之際他腦中會浮起兒子對伊朗讀信的畫面，信卻石頭般沉入靜默的水面苦無回音，幾次後他大致就有個底了，再寫下去也心虛，憖頭，他在心裡無聲地咒罵自己。

「老師，是別人譙我，而且我又沒回嘴。」1985現在心裡咒罵的不是自己。

「我沒有駁回你的假釋申請。」

「不然是誰擋的？」1985狐疑的眼神緊盯著他，1985的母親一陣子沒來會客了，久違的大弟上個週末來探視他，告知他母親在浴室打滑跌倒，顱內嚴重出血轉送加護病房，狀況不太樂觀。

「你也知道典獄長新官上任，作風難免比較嚴格。」

「我犯責房也關完了，按呢做不對啊！」

每當收容人有無法排解的苦悶，或是需要申請假釋時，便是他派上用場的時刻，假使擔任戒護的管理員扮的是黑臉，他則扮演著白臉。他亦曾是同學口中一線三花的主任，坐在悶熱的中央台上輪值日夜班，通過三道門進入戒護區後便一律禁止攜帶手機，定時巡查房舍檢查異樣，年資到了通過升等考試方晉任教誨師。他管轄的收容人將近三百個，每個同學的犯罪案由生長背景和累進分數各異，形形色色的同學許多都比他年長，他每天要個別輔導的同學約十個上下，不外乎聽他們發牢騷吐苦水或詢問假釋的流程，其餘時間安插團體教誨的心理輔導，並利用空檔撰寫假釋報告。除了典獄長和主管以外，他從不與任何人在工作以外的時間打交道，避免節外生枝，不留通訊軟體給同事獄警或檢察官，更遑論同學的親屬，反正上班時間無法使用手機慣了，下班後他只想專心準備在職進修和升等考試。相較主任管束收容人時彼此對峙的關係，教誨師這個職位單純許多，他不覺得他與同學間是上對下的敵對階級，有些主任打從心裡瞧不起同學，他們整天到晚狀況不斷，一下戒護洗腎一下這邊那裡痛要吃藥一下毒癮發作一下又你看啥洨便打架互毆，但沒了這些同學我們不就也丟了飯碗，大家是互利共生且密切相連的共同體。他自己也曾犯過錯，只是無人舉報無人控訴，他幸運躲過法律的制裁，有時午夜夢迴失眠時他會深深惋惜，他承擔了苦果與報應，並且輾轉地以不同的形式，間接關進監獄裡。

他到底不是真正身陷囹圄的收容人，難以真切明瞭身心被囚禁的箇中滋味，倘若站在牢房正中央，以一腳當圓心，張開另一腳伸直畫圓，便能大致概括的彈丸之地。多餘的是靶仔機照不太到的畸零地，裡頭免除了聚散離合，省卻了親疏遠近，缺乏肌膚之親的調劑，線性的時間缺少彈性，日夜交替後周而復始，頂多穿插了切身之外的陰晴雲雨，夾雜著他人的磨牙和夢囈，往前不論是懊悔或不悔，往後除了等待還是等待。等待刑期結束的那一天到來，而他是刑期結束與否的中繼站，有期徒刑的同學服滿刑期的一半便能報請假釋，累犯需滿三分之二，前提是獄中表現良好，悛悔實據考核通過方能出獄，而在新法後判刑無期徒刑的同學，期滿標準從十五年驟升至二十五年。他們情緒起伏差別殊異，一則剝奪自由的時間最久，便越渴望重拾自由，這類型的同學通常循規蹈矩無重大犯責，反之被望不到刑期盡頭的絕望所拖磨的同學，其狀況便越難掌握。一無所有的人往往渾身是膽，輕者不斷蓄意違規被當皮球般在不同監獄來去，重者無所不用其極，採取各種方式自殺尋求解脫，吞下數十顆電池自盡，土製利器刺頸割腕，或將毛巾衣物綁成繩索上吊自縊。雖然生命如他口中常向同學提起的，自己會找到出路，但他沒說出口的是，生命偶爾也會無路可走。

「按呢做不對啊！」怒氣沖沖的1985又重複了這句話，心中浮起老母來會客時的身影。

他保持靜默，他的立場不需要判斷是非對錯。

萬一上述的依靠都付之闕如的時候，便只能仰賴宗教信仰來支撐，他稍有涉獵宗教典籍，《聖經》上說耶穌在五天內創造天地萬物，在第六天創造了人類後在第七天休息。但祂還創造了古柯鹼和安非他命，創造注射時藉由針筒感染的愛滋病，創造出喜怒哀樂也創造出瘤癰疽疹，創造了悲歡離合也創造了疣瘡癌癬，創造蜂窩性組織炎尿道結石牙周病腰間盤突出風濕高血壓心肌梗塞糖尿病腸躁症菜花青光眼胃食道逆流肝硬化盲腸炎雞眼靜脈曲張還有更多病症先暫且打住，這些讓同學和人類苦不堪言的病痛，替同學們規勸開導時他難免也納悶，如果上帝第七天不摸魚偷閒，多花費心思進行微調，人體的瑕疵是否會有所改善？還是《聖經》表明人生而有罪，所以上帝創造出名目繁多的病狀來折磨人類？而佛教談論因緣果報，在一念之間蔓生了貪嗔痴慢疑，無端生起的偷拐搶騙燒殺擄掠並非偶然，而是源自命定的劫難，前世欠債今生償還，應多方積累善業福報以消弭業障罪孽，解除世俗煩憂的束縛，無色生香味觸法無眼耳鼻舌身意，擺脫死生輪迴的禁錮，人身在世轉瞬間生住異滅，但求悟道解脫早日跨越至離苦得樂的彼岸，假如因果報應確實循環不息，他持疑的是，終會有相抵終結的一天嗎？

眼看1985不太相信他所說的話，他打算去辦公桌拿早已打完的假釋報告，證明自己所言不假。起身時他瞟到身旁的牆上有一片油漆剝落，他下意識順手撕下，腦中想起一回出於好奇，央求熟識的法醫觀看解剖的流程，肉票交叉的雙手反捆於背，五花大綁的身軀蜷縮得如受驚的穿山甲，法醫將人質嘴上的膠帶扯下，唇上的皮也隨之脫落，此時他不自覺抿嘴濕潤乾裂的雙唇。1985看著眼前教誨師莫名的舉止，內心本在燒灼的怒火更興旺了，瞋視的目光除了輕蔑尚有糾結的意志在拉鋸，不肖仔你這輩子已經烏有啊，蹙眉的眼尾反射地上下抽動，鬆軟的牙床緊咬著，惱怒的雙拳掐得死緊，飽脹的胸臆被滋生出的誤解輕易刺破了，不消幾秒鐘，1985悄然漫溢的敵意便潰堤了。

無妄的血光之災，不是預謀而是一眨眼的起心動念。1985迅速起身，眼明手快抽出桌上筆筒內未固定住的剪刀，霎時間直朝背對他的教誨師襲去，無聲刺進他軟嫩的腰側。突如其來的疼痛感從脊椎直竄腦門，他悶哼了一聲短促的低吼，還來不及轉身抵禦，1985急速拔出的利刃又補上果決的一刀。他甫一回頭，不偏不倚的拳頭正巧落在他的鼻梁上，他踉蹌倒地，顛簸間定神覷見相處十餘載的1985，炙灼的雙眸裡有憤恨還有更多的惱怒，他想開口解釋但來不及解釋，長久建立的信任一旦斷裂了，彼此便是天涯海角。1985順勢往前一步，跨坐在他的身上，赤手空拳的他扭身奮力反擊，胡亂揮手想撥開1985落下的拳頭，腰上的剪刀在掙扎之際隱隱作痛，海軍陸戰隊退伍的1985力道猶勁，在他臉頰上正反扎實兩拳，並趁隙扯下他的眼鏡，清晰的視野被糊掉現實的毛邊，剎那僅剩失真的色差殘像。他想呼喊求救卻像在水面下的溺水者般叫不出聲，身軀微微顫抖，他失去理性的判斷不知該作何反應，只能像個大勢已去的獵物任1985宰割。

在這個跟日常脫節的荒謬處境裡他腦中湧現浪潮般的往事和歉意，如果他別一時衝動撲向以昕，如果他從未失手掀開她的矜持與上衣，如果沒有這場無人舉證揭發的強暴未遂，他往後會不會過的是截然不同的生活，安穩待在故鄉裡接手修車廠的家業，而不是滿懷歉疚地在異鄉裡苟且偷生？每個人都背負著各自無形的枷鎖和荊棘，假使這兩場意外是命中註定的因果，他欣然接受這遲來的罰與罪，歡喜讓1985動用私刑揭開他癒合的瘡疤，將他隱蔽的傷口通風，把所有的劫數一併結束。1985對他沒有舊恨但有新仇，僅是暫時像被鬼魅附身般喪失理智，1985的姓旁邊就是個鬼字。1985久待牢內的煩悶化作成欲罷不能的精力，體內長期蟄伏的暴戾亦解封了，1985持續地舉起屠刀，立地成魔，起落的攻勢像針織廠的針頭刺進布料的經緯，一針針地縫補著兩人的決裂與救贖，從手掌到肩胛骨再從臉龐到眼窩，刺進彼此的矛盾和惶惑裡，也刺進他逐漸從痛楚轉為麻痺的知覺裡。1985急促吐納的氣息嗅到熟悉的鹹腥味，無常和平常往往一線之隔，心無罣礙無罣礙故，凡間的孽因惡果此後便一筆勾銷，1985在人世的恩怨功過不指望誰來蓋棺定論了，兩人望穿秋水，終於盼到一番瞭然透澈的頓悟。

1985腳上的藍白拖在扭打間脫落於地，像虔誠的聖筊，赤腳的他卻得不到一段提點的指示。方才使出渾身解數做出奮力一搏，此刻他感到氣力放盡後的虛脫，染血的腥紅剪刀停頓在教誨師的太陽穴上，他手勁一鬆，心神像氣球般冉冉升空，途中緊繃的身軀逐漸疲軟，他飄到一個截然不同的維度裡，那裡空曠沉靜得近乎死寂，塵世的喧囂和叨擾全然被阻隔在外，前所未有的心念澄明，他體會到5420所說的，永恆的感覺了。黃橙的午陽像蜂蜜般流淌入窗，如釋重負的他這輩子已然圓滿，無有缺憾無有恐怖，他將繼續圍困在蜂巢般的監獄裡成住壞空。1985佝僂著背，癱坐在冰涼的磨石地板上，心頭無波瀾，眼底有風霜，他深信上帝終會寬恕他的衝動，赦免他的無心之過，他有些累了，望向牢房內缺席的時鐘，從未歇息的時針分針依舊勤奮，而他的刑期將和時間並行，繼續朝不見終點的遠方前進。

跋
神凝世人

會不會死了太多人了？敲打鍵盤時心中不時也有這個疑慮，像在寫一本凶手昭然若揭的偵探小說，但沒有懸疑也沒有密室。稍一轉念，反正你我早晚都會以各種不同病因或方式死去，最大機率是各種癌症、心腦血管疾病或糖尿病等，有可能是天災或橫禍，也許有生之年還有機會等到安樂死通過，早死晚死而已，於是繼續心安理得地讓幾個角色走上死路。

大學以前的寒暑假我幾乎都在福隆度過，大概不外乎陪阿公抓蝦釣魚，聽阿嬤教誨要好好念書，看家中沒接的第四台的MTV，或海風般在人煙罕至的角落飄來飄去。一直到很後面才聽我媽提起，我爸當初曾打算留在故鄉的核四工作，陰錯陽差我避開了在這個濱海小村成長。福隆出入這麼多年，我深諳這裡的種種可能與不可能，可能的侷限和不可能的期盼，就一念之間，不然現在的我過得便是迥然不同的人生。大學畢業後轉瞬十五年，十五年彷彿只是一根菸的時間，外派非洲和東南亞的日子，皆待在法定每月最低薪資不超過一百美金的國家，工廠內員工的家多數是用竹籬笆搭建，有的人甚至每天來回步行兩小時上下班，只為了節省車資，也入境隨俗打赤腳走路或手抓食物進食，接地下水刷牙洗臉。

感受不太能量化，但際遇就相對較能分辨優劣，旁觀他人的不幸也許能消抵自身的苦痛，但有些挫敗仍是難以減緩的，多數時只能在求助無門的情況下當自己的浮木。年近不惑談命運或果報這種宏大的命題，往前捉襟往後見肘，這本小說裡的角色都是生命裡有缺陷與憾恨的小人物，芸芸眾生大抵皆逃不過被命運剝削，他們在字裡行間裡掙扎，我也在故事情結外糾結，每個人都有自己的劫要渡，經書上都說我佛慈悲，世間上卻還是有這麼多苦厄。

許多問題沒有解答，先暫且打住辯證。謝謝總編陳素芳女士的提攜，編輯晶惠姊的耐心和行銷毓純的協助，這本小說才得以面世，另書中有些像是錯字的地方，並非誤植而是偶一為之的文字遊戲，若仍有錯字尚請包涵；謝謝教育部國語辭典，在我搜索枯腸時能快速抽換詞面；謝謝中央大學的舊友，你／妳們知道我珍惜逐漸聚少離多的友誼；謝謝爸媽對我的包容，雖然感情不是挺親密，我也只能勉強算是不孝子中的孝子，謝謝二姊的照顧；謝謝好友克明在等待出版的空檔陪我上山下海；謝謝願意閱讀這本書的讀者，這些故事也許並非虛構，這的確是某些人的掙扎與人生；謝謝待我寬容和涼薄的所有人，願你們都能有各自生命裡的幸福和磨難；最後謝謝所有陌生的網路玩家，讓我在有時差的異鄉和半夜失眠時都不缺牌咖打線上麻將。

九　　歌　　文　　庫　　　　1　　4　　2　　4

三隻猴子

國家圖書館出版品預行編目 (CIP) 資料

三隻猴子 / 魏執揚 著 . -- 初版 .-- 臺北市 : 九歌出版社有限公司 , 2024.02
面 ; 14.8 × 21 公分 . -- (九歌文庫 ; 1424)
ISBN 978-986-450-643-9 (平裝)
863.57　　　　112022852

作　　者──魏執揚
責任編輯──張晶惠
創 辦 人──蔡文甫
發 行 人──蔡澤玉
出　　版──九歌出版社有限公司
台北市 105 八德路 3 段 12 巷 57 弄 40 號
電話／02-25776564・傳真／02-25789205
郵政劃撥／0112295-1

九歌文學網　www.chiuko.com.tw

印　　刷──晨捷印製股份有限公司
法律顧問──龍躍天律師 ・ 蕭雄淋律師 ・ 董安丹律師
初　　版──2024 年 2 月
定　　價──320 元
書　　號──F1424
I S B N──978-986-450-643-9
9789864506422（PDF）
9789864506415（EPUB）

本書榮獲 財團法人 國家文化藝術基金會 National Culture and Arts Foundation 出版補助